Finde mich!

Diana Hübner

Finde mich!

Die Autorin

Diana Hübner wurde 1974 in Südthüringen geboren und lebt noch immer mit ihrer Familie in ihrem kleinen Heimatdorf in der Nähe des Rennsteiges.
Hauptberuflich ist sie Polizeibeamtin, Ehefrau und Mutter dreier Kinder.
Diana Hübner schrieb bereits in jungen Jahren Geschichten, Gedichte und kleine Theaterstücke und hat sich nunmehr mit ihren Romanen einen Kindheitstraum erfüllt.
Nach den bereits veröffentlichten Romanen **„Traumleuchten"** und **„Seelentrost"** aus dem Jahr 2014, **„Un(d)endlich ich"** und **„Tor zur Vergangenheit"** aus 2015 ist **„Finde mich!"** nun das aktuelle Werk der Autorin.

Diana Hübner

Für Papa

Finde mich!

Wenn es dunkel ist, bist Du bei mir,

wenn ich weine, bist Du da.

Auch wenn Dich meine Kinderaugen nicht sehen können, spüre ich Dich.

Ich bin ein Teil von Dir, und Du von mir.

Das hilft mir über die unendliche Weite hinweg, die uns trennt,

über die vielen Tage und Nächte, in denen ich dich nicht umarmen kann.

Wenn es hell wird, sehe ich Dich,

wenn ich lache, hörst Du mich.

Wenn Du schweigst, verstehe ich Dich,

wenn Du bei mir bist, verstehe ich auch mich.

Exposé

Seit mehr als zwei Jahren hatten es sich Dana und Gabriel wirklich verdient, einmal auszuspannen und Urlaub zu machen. Ihr Leben bestand zum Großteil aus Arbeit. Zugegeben, beide konnten sich glücklich schätzen, in einer der renommiertesten Firmen in London zu arbeiten, doch wenn beide einen langen Arbeitstag hinter sich hatten, kam dabei nicht nur ihr treuer Hund Buddy, ein wunderschöner Labrador, zu kurz, sondern auch ihre Familienplanung.
Gabriel war derjenige, den die Sache mit einem Kind noch mehr beschäftigte als Dana selbst.
Er war der Meinung, mit Anfang 30 bereit zu sein, Eltern zu werden, doch sie war es nicht.
Der Gedanke, eine solche Verantwortung zu übernehmen, machte ihr einfach Angst.
Aber genau diese Angst sollte sie in den kommenden Wochen in den Griff bekommen, denn sie hatte von ihrem Gynäkologen etwas gesagt bekommen, das sie nicht verarbeiten konnte und das das Leben des Paares maßgeblich verändern sollte.
Sie musste unbedingt mit Gabriel darüber reden, wenn sie in ihrem Ferienhaus in Südengland angekommen waren.

Doch es sollte nicht dazu kommen.

Aus dem geplanten Urlaub wurde eine Odyssee aus Erkenntnis und Erwachen, nervlicher Zerreißprobe, Aufopferung und Leid, ein Balanceakt zwischen Leben und Tod.

Prolog

Die Koffer waren gepackt, die Unterlagen des Ferienhauses in der Nähe von Torquay in Südengland lagen griffbereit auf der Anrichte, nun musste nur noch Buddy reisefertig gemacht werden.

Er mochte seine Hundebox für das Auto nicht sonderlich, daher sollten sich Dana und Gabriel etwas ganz Besonderes einfallen lassen, Buddy milde zu stimmen. Doch als er sah, wie sein Herrchen den Wagen belud, sprang er plötzlich ganz von selbst in seine Box und wartete darauf, dass es losging. Erstaunt sah sich das Pärchen an und konnte sich ein Lachen nicht verkneifen. Buddy schien genau zu wissen, dass es in die Ferien gehen sollte und er freute sich offensichtlich darauf, endlich wieder mehr Zeit mit seinen Lieblingsmenschen verbringen zu können.

Dass dem nicht so war, konnten weder Buddy noch Dana und Gabriel erahnen.

Dana musste nach ihrem letzten Arztbesuch dringend mit Gabriel reden, denn was ihr Gynäkologe Dr. Nelson ihr gesagt hatte, war eine Last, die sie momentan ganz alleine trug.

Doch auch zu dieser Aussprache sollte es nicht kommen. Die sehnsüchtig erwartete Reise sollte zu einer Reise in eine nervenaufreibende Ungewissheit werden, die schlussendlich über ihre Zukunft entscheiden würde.

1

Seit ungefähr einer Stunde waren die drei unterwegs und je weiter sie sich von London entfernten desto entspannter schienen sie zu werden.
Sie liebten die Stadt, das war unbenommen, doch sie liebten es auch, fernab aller Hektik und des täglichen Stresses in der Firma die Zweisamkeit zu genießen.
Die Landschaft war einfach atemberaubend. Ganz anders als die Umgebung von London, dennoch nicht neu, sondern irgendwie vertraut. Es fühlte sich an wie nach Hause kommen.
Dana legte langsam den Kopf zurück und schloss die Augen, um den Moment in sich aufzunehmen und zu genießen.
Zwei Wochen Entspannung und Ruhe lagen vor ihnen, eine Zeit, die sie sich mehr als verdient hatten und bis zur letzten Minute auskosten wollten.
Sie bemerkte nicht, dass Gabe den Wagen gestoppt hatte. Erst als er ihr sanft über die Wange strich,

öffnete sie verwundert die Augen und sah ihn verträumt an.

„Ich dachte, wir machen eine kurze Pause. Es ist so schön hier", sagte Gabe mit einem Lächeln und gab ihr einen Kuss.

„Wovon hast du geträumt?"

Gabriel sah sie liebevoll an.

„Nur von uns, Schatz", antwortete Dana schmunzelnd und stieg aus dem Wagen.

Als sie den Kofferraum öffnete, sprang Buddy freudestrahlend aus seiner Box und erkundete sofort die neue Umgebung.

Er lief über das satte Grün einer unendlich scheinenden Wiese, schlug Haken und warf sich hin, nur um kurz darauf wieder aufzuspringen und sein Spiel fortzusetzen. Es war wunderbar, ihm zuzusehen, wie wohl er sich fühlte.

Gabe nahm Danas Hand und ging mit ihr ein Stück.

„Du wirkst nachdenklich. Ist alles in Ordnung?", fragte er besorgt.

„Nein", wehrte Dana sofort ab. Scheinbar hatte er bemerkt, dass sie wieder in Gedanken war. Sie musste unentwegt daran denken, was Dr. Nelson gesagt hatte.

„Ich beginne nur langsam, mich zu entspannen", sagte sie wenige Augenblicke später.

Es war wirklich nicht unbedingt der richtige Moment, sich schon wieder Gedanken zu machen, die Angst hochkommen zu lassen, was in Zukunft werden würde. Es würde nicht mehr lange dauern, bis sie angekommen waren. Dann würde Dana die Zeit und den richtigen Augenblick finden, es Gabriel zu sagen.

Das JETZT genießen war im Moment wichtig und das hieß, die fast unberührte Natur zu bestaunen.

Sie hatten unweit der Küste angehalten.

Ein leichter Wind kam auf und brachte die angenehm frische Meeresluft mit. Einfach himmlisch!

All die Anspannung der letzten Monate löste sich mehr und mehr und Dana begann, sich unendlich wohl zu fühlen.

Der Stress des gesamten letzten Jahres hatte doch sehr an ihren Nerven gezehrt, wie sehr, bemerkte sie erst jetzt. Sie war Marketingleiterin eines ansehnlichen Pharmaziekonzerns in Englands Hauptstadt, Gabriel der Leiter der Abteilung Forschung und Entwicklung.

Dass die beiden in ihrem Alter bereits in solch hohen Positionen arbeiteten, hatten sie nicht ausschließlich der Personalabteilung zu verdanken, sondern vielmehr ihrem eigenen Ehrgeiz und dem jahrelangen Studium, welches beide mit Bravour gemeistert und abgeschlossen hatten.

Doch Dana und Gabe hatten auch eine sehr schwierige Phase in ihrem Arbeitsleben hinter sich zu bringen, die sich nicht zuletzt auch auf ihr Privatleben ausgewirkt hatte.

Gabriel und sein Team hatten ein vermeintlich bahnbrechendes Medikament zur Bekämpfung eines seltenen Grippevirus entdeckt und entwickelt, doch die entsprechenden Tests und Studien hatten nicht die gewünschten Ergebnisse erzielt.

Gabe war sich so sicher gewesen, dass seine Abteilung schon vor Ablauf der Tests eine konzerninterne Marketingkampagne über Dana in Auftrag gegeben hatte, die leider nie zum Tragen kam.

Dana und Gabe wurde vorgeworfen, unverantwortlich gehandelt zu haben, und beider Job stand mit einem Mal auf der Kippe.

Eine Kommission der Firma hatte sich nach tagelanger Diskussion schlussendlich doch dagegen entschieden, sie als Leiter der beiden Abteilungen zu entlassen. Es gab Abmahnungen und einige Mitarbeiter verließen die Firma. So auch Paul, Gabes engster Mitarbeiter und guter Freund des Paares.

Sie hatten Paul danach nie wieder gesehen und Gabriel vermied es strikt, über die genauen Gründe mit Dana zu reden.

Das war vor fast zwei Jahren gewesen und Gott sei Dank endlich vorbei…

Schnell versuchte Dana, die Gedanken an die schwierige Zeit wegzuschieben und auch das Gespräch mit Dr. Nelson aus ihrem Kopf zu verbannen.

Nichts konnte und sollte in diesem Augenblick wichtiger und schöner sein, als hier mit ihrem geliebten Gabriel zu stehen.

Sie war in diesem Moment glücklich, auch wenn sie es noch nicht wirklich wahrhaben wollte.

Die Zukunft konnte, trotz all ihrer Ängste und Sorgen, eine glückliche werden.

Buddy kam angerannt, völlig außer Atem, und schaute sein Herrchen mit seinen treuen Augen zufrieden an. Gabe ließ es sich nicht nehmen, noch einmal ordentlich mit ihm zu raufen, bevor sie schließlich weiterfuhren.

Das Ferienhaus war in natura noch schöner, als sie es sich vorgestellt hatten.
Es stand inmitten eines kleinen Waldstückes, abseits der Straße. Wenn man auf die Terrasse hinausging, konnte man das Meer sehen und bereits mit wenigen Schritten erreichen.
Das Waldstück war wunderbar, um mit Buddy laufen zu gehen, und das Wichtigste… es war weit und breit kein anderes Haus zu sehen.
Sie waren also allein, nur für sich und hatten genau die Ruhe, die sie sich gewünscht hatten.
Nachdem sie sich eingerichtet hatten, nutzten sie die Gelegenheit, die Umgebung zu erkunden.
Buddy war so aufgeregt.
Jeder Strauch und jeder Baum musste beschnuppert werden, sodass sie kaum vorankamen. Durch das Waldstück verlief ein schmaler Weg. Man kam sich vor wie in einem verwunschenen Flecken Erde.
Es war mystisch, furchteinflößend und märchenhaft zugleich.

Da es allmählich dunkel wurde, entschieden sich Dana und Gabe, langsam umzukehren.
Der Labrador war noch ein Stück vorausgelaufen. Er hielt sich bei einem teilweise eingefallenen Holzhaus auf, welches er interessiert beschnüffelte.
Buddy reagierte jedoch sofort auf Gabriels Rufen und kam zurück.

„Wir sollten unbedingt morgen einkaufen gehen. Wir haben nicht genug Wein", meinte Gabe, als er aus der Küche ins gemütlich eingerichtete Wohnzimmer zurückkam, wo Dana und Buddy schon eingekuschelt auf der Couch saßen.
„Warum brauchen wir mehr Wein?", fragte Dana, ohne dabei von der Zeitung aufzuschauen, die sie gerade las.
Gabe setzte sich neben sie. Er zog ihr die Decke ein Stück weg und begann vorsichtig, sie am Bein hinauf bis zum Arm zu streicheln, küsste sie am Hals und entlockte ihr damit einen wohligen Seufzer, den er so gerne hörte.
„Damit ich dich jeden Abend betrunken machen und verführen kann, mein Engel", flüsterte er ihr leise ins Ohr.
„Vielleicht kann ich dich damit überzeugen, eine Familie zu gründen…", fuhr Gabriel fort.
Doch er hatte nicht die Chance, seinen Satz zu beenden.
Erschrocken fuhr Dana auf und sah ihn mit großen Augen, deren Blick er nicht zu deuten wusste, an.

„Was ist los mit dir?", fragte Gabriel verwirrt.
„Habe ich dich jetzt so geschockt?"
Sein Tonfall wurde ungewollt etwas härter. Jedes Mal, wenn er mit diesem Thema anfing, reagierte Dana abweisend.
„Nein! Doch! Ich weiß es nicht", begann Dana zu stottern.
Sie war vollkommen überrumpelt. Sie war sich zwar bewusst, dass der Zeitpunkt kommen würde, dass sie mit Gabe reden und Stellung beziehen musste, doch irgendwie kam jetzt alles viel zu schnell.
Gabriel war inzwischen aufgestanden und lief wütend im Raum hin und her.
„Jetzt beruhige dich doch wieder. Es tut mir Leid. Ich erkläre es dir ja", versuchte Dana sich selbst und ihn etwas zu besänftigen.
Sie hatte ja nun wirklich etwas überreagiert, das konnte sie Gabe nicht antun.
„Du willst mir also zum millionsten Mal erklären, warum du *vorerst* noch keine Kinder willst, weil du noch nicht dazu bereit bist und so weiter?", fuhr Gabriel dazwischen.
So wütend hatte sie ihn lange nicht erlebt.
„Weißt du was, genau das kann ich nicht mehr hören!", schrie Gabriel und verließ das Zimmer.
Verdattert saß Dana da und schaute ihm nach.
Es wäre jetzt ganz einfach, ihm nachzugehen und ihm alles zu erzählen.

Doch als sie zu Buddy hinüberschaute, der sie fragend ansah, entschied sie sich, noch einmal kurz mit ihm an die frische Luft zu gehen, um selbst genug Mut und Kraft für das kommende Gespräch zu sammeln.
Das Letzte, was Gabriel hörte, war die Tür, die ins Schloss fiel...

2

Dana atmete tief durch, als sie sich ein Stück vom Ferienhaus entfernt hatte.
Das kann doch alles nicht so schwer sein, dachte sie. Ich werde es doch schaffen, ganz ruhig mit Gabe reden zu können und dabei meine Gefühle unter Kontrolle zu bekommen. Schließlich waren sie nicht das einzige Paar, das lernen musste, damit umzugehen. Und Gabe wusste noch nicht einmal davon...
Buddy ließ sich ziemlich ziehen, scheinbar wollte er nicht noch einmal in die Nacht hinaus und es schien ihm auch nicht ganz wohl bei der Sache zu sein, dass sich Herrchen und Frauchen gestritten hatten.
Schließlich gab er nach und lief Dana ein Stück voraus.
Erst als er ein wenig an der Leine zog, bemerkte Dana, wie weit sie bereits gelaufen waren. Sie war so in Gedanken versunken gewesen, dass sie nicht

mitbekommen hatte, dass Buddy wieder bei dieser Hütte schnüffelte, die sie bereits am Nachmittag aus der Entfernung gesehen hatten.

Dort schien es etwas Interessantes für ihn zu geben, Buddy ließ sich nicht ohne weiteres dazu bewegen, wieder umzukehren.

Es war wirklich ein bisschen komisch, aber am Nachmittag hätte man bei dieser Hütte nur einen zerfallenen Bretterhaufen vermutet. Jetzt konnte Dana aber erkennen, dass hinter einem kleinen Fenster ein schwaches Licht brannte.

War es möglich, dass hier jemand wohnte? Mitten im Wald? Eigentlich unvorstellbar.

Dana wollte so schnell wie möglich wieder zurückgehen, doch genauso wie Buddy war sie plötzlich neugierig geworden. Sie wollte ja nur mal kurz durch das Fenster schauen, um zu sehen, ob da tatsächlich jemand war…

Eine geschlagene Stunde war Dana nun schon unterwegs. Das konnte doch nicht wahr sein! Warum hatte es schon wieder zu einem Streit kommen müssen? Gabriel schlug vor lauter Wut mit der Faust gegen die Wand. Er hätte nicht so reagieren dürfen. Er musste akzeptieren, dass Dana noch Zeit brauchte. Sie waren schließlich ein Paar und mussten solch wichtige Entscheidungen, wie die Gründung einer Familie, schon gemeinsam treffen und dahinter stehen.

Wo blieb sie nur? Langsam begann Gabe, sich Sorgen zu machen. Er nahm sein Handy aus der Tasche und wählte ihre Nummer.
Draußen im Flur hörte er leise den Klingelton ihres Handys.
„Verflucht!", schrie er.
Gabriel versuchte, sich zu beruhigen.
Buddy war bei ihr, ihr konnte also nichts passieren. Auf Buddy war Verlass, nie würde er zulassen, dass Dana etwas zustieße. Dennoch war es schwer nachvollziehbar, dass Dana so lange ausblieb, es sah ihr einfach nicht ähnlich. Es schien irgendetwas nicht zu stimmen mit ihr. Wenn er es sich recht überlegte, war sie in den letzten Tagen oft mit ihren Gedanken abwesend gewesen. Er hoffte inständig, dass sie schnell nach Hause kommen würde, damit sie in Ruhe reden konnten.

Der Blick ins Fenster faszinierte Dana. Sie sah einen kleinen Raum, alt, sehr alt, um nicht zu sagen, sehr baufällig, aber irgendwie gemütlich. Inmitten des Raumes standen ein kleiner Tisch mit einer Kerze und ein Stuhl.
„Buddy!", rief Dana mit gedämpfter Stimme, als sie bemerkte, dass er auf etwas herumkaute.
Er schaute sie mit seinen treuen Augen an und beschäftigte sich weiter mit dem Stück Holz, das er offensichtlich gefunden hatte. Zumindest sah es so aus.

Dana wollte jetzt kein Aufsehen erregen oder zu laut sein, indem sie Buddy zurechtwies.

Als sie noch einmal einen Blick in das Fenster warf, fiel ihr etwas auf, was sie für einen kurzen Moment aus der Fassung brachte.

Auf dem Tisch neben der Kerze lag ein großes, scheinbar sehr altes Buch. Ob es vor wenigen Minuten auch schon dort gelegen hatte und sie es nur übersehen hatte, konnte sie nicht sagen. Was sie aber faszinierte und gleichzeitig schockierte, war die gut lesbare Aufschrift auf diesem Buch:

DANA MILLER

Dana Miller? Das war ihr Name! Wieso lag in dieser heruntergekommenen Hütte ein Buch mit ihrem Namen?

Für einen kurzen Moment schloss sie die Augen, nur um sich zu vergewissern, dass sie sich nicht getäuscht hatte. Doch als sie die Augen wieder öffnete, lag das Buch noch immer da.

Sie war für einen Augenblick geneigt, in diese Hütte zu gehen und sich dieses Buch genauer anzuschauen, doch ihr Verstand siegte über ihre Neugier.

Sie sollte besser sofort zurückgehen und mit Gabriel darüber reden, vielleicht könnten die beiden in den kommenden Tagen noch einmal zusammen zu dieser

Hütte gehen und herausfinden, was es damit auf sich hatte.

Dana versuchte, Buddy von der Tür zurückzuziehen, doch so sehr sie es auch versuchte, es klappte nicht. Buddy reagierte gar nicht auf sie. Vielmehr schien es so, als würde er direkt in diese Hütte gelockt.

Noch immer kaute er auf etwas herum und versuchte dann, die Tür mit der Schnauze zu öffnen. Er ließ nicht ab und Dana war es unmöglich, Buddy davon abzuhalten.

Die Tür war offensichtlich nicht einmal verschlossen, sodass es Buddy schließlich gelang hineinzustürmen.

Dana hatte die Leine losgelassen und stand wie angewurzelt vor der geöffneten Tür.

Zunächst starrte sie nur auf den Tisch, auf die Kerze und dieses Buch. Als sie jedoch sah, dass Buddy sich auf etwas gestürzt hatte, ging auch sie, ohne weiter zu zögern hinein.

Ängstlich schaute sie sich um. Der Raum war tatsächlich sehr klein. Im hinteren Bereich schien es eine weitere Tür zu geben. Es war nicht sehr viel zu erkennen, denn außer dieser Kerze gab es keine weitere Lichtquelle.

Buddy hatte sich in eine Ecke verzogen und zerrte und kaute genüsslich auf seiner vermeintlichen Beute herum.

Danas Herzschlag wurde immer schneller.

Das konnte doch alles nicht wirklich passieren?

Sie musste sofort hier raus!

Dana redete mit Engelszungen auf Buddy ein, endlich zu ihr zu kommen, doch er dachte gar nicht daran, sich von seiner Mahlzeit zu trennen.

Als sie auf ihn zugehen wollte, stieß sie an den Tisch.

Reflexartig hielt sie die brennende Kerze, die herunterzufallen drohte, fest.

Dabei fiel ihr Blick wieder auf dieses ominöse Buch und jetzt konnte sie auch den Untertitel lesen:

DANA MILLER
1986-2017

Ihr Aufschrei blieb in ihrer Kehle stecken.

Das war ihr Geburtsjahr und augenscheinlich sollte 2017 das Jahr sein, in dem sie sterben sollte.

Sie ließ das Buch fallen und schaute Buddy völlig apathisch an. Ihr Herz begann zu rasen. Irgendetwas stimmte hier absolut nicht!

Weg!

Schnell!

Dana ignorierte, dass Buddy plötzlich anfing zu bellen, stattdessen versuchte sie nur immer wieder, ihn an seiner Leine aus dieser Hütte herauszuziehen.

Sie meinte, er ließe sich nur ungern von dem Fressen weglocken, doch den wahren Grund, warum Buddy anschlug, erkannte sie erst, als sich eine Hand auf ihre Schulter legte.

1000 Gedanken gingen ihr durch den Kopf, doch kein einziger davon war so klar, dass er ihr in dieser Situation hätte helfen können.

Mit schreckgeweiteten Augen sah sie zu ihrem Hund, dessen Bellen ihr Gehör gar nicht mehr wahrnahm.

Ein aufdringlich süßer und gleichzeitig stechender Geruch stieg ihr in Nase und Augen. Sie verlor augenblicklich das Bewusstsein…

3

Zwei Stunden! Das konnte doch nicht sein! Wo waren Dana und Buddy nur? Gabriel konnte und wollte sich beim besten Willen nicht vorstellen, was da passiert sein konnte. Niemals würde sie so lange ausbleiben, zumal sie sich in der Gegend überhaupt nicht auskannte.
Er konnte nur hoffen, dass sie da draußen irgendwo saß und nachdachte und einfach die Zeit vergessen hatte.
Gabe hielt es nicht mehr aus. Auch wenn die Chance, seine Frau in der Dunkelheit und der fremden Umgebung zu finden, wahrscheinlich eher gering war, musste er es zumindest versuchen. Noch immer hoffte er, sie würde einfach vor der Tür stehen, wenn er hinausginge, und alles wäre gut. Doch es war nicht so.
Gabriel lief den Weg entlang, den sie am Nachmittag schon gegangen waren. Das Licht seiner Taschenlampe wurde regelrecht von der Nacht verschluckt, sodass er kaum weiter als ein paar Meter sehen konnte. Immer wieder rief er ihren Namen und nach Buddy, doch er bekam keine Antwort.
Gab kam an dieser Hütte vorbei. Sie schien unbewohnt. Natürlich, das musste sie sein, sie zerfiel ja fast. Dennoch riskierte er einen Blick. Nichts, alles dunkel, kein Lebenszeichen, keine Spur von Dana.

Er erinnerte sich daran, dass sie am Nachmittag noch davon gesprochen hatten, am nächsten Tag hinunter ans Meer zu laufen. Vielleicht war sie ja bereits dorthin gegangen? Es war auf jeden Fall einen Versuch wert.
Es führte nur ein schmaler Weg durch den Wald an die steil abfallende Küste.
Man hörte das Meer rauschen, hörte, wie sich die Wellen brachen und an der Steilwand der Küste zerschellten.
Es musste ein kräftiger Wind gehen, von dem Gabe jedoch im Wald nichts mitbekam.
Außer den Geräuschen des Wassers und seinen Schritten auf dem Waldboden, wenn er auf einen Ast trat, war nichts zu hören.
Es war still.
Unheimlich still.
Wenn Gabriel seinen Gefühlszustand hätte beschreiben sollen, wäre er dazu nicht in der Lage gewesen.
Instinktiv spürte er, dass seine noch vor kurzem heile Welt dabei war, in sich zusammenzufallen wie ein Kartenhaus. Doch er gab die Hoffnung nicht auf. Auch wenn seine Rufe ohne Antwort in der Nacht verhallten, er würde Dana sicher finden.
Bestimmt saß sie, wie so oft, einfach gedankenverloren am Wasser und schaute in die Nacht.
Buddy schlief neben ihr und beide wären überrascht, warum Gabriel so aufgebracht war und nach ihnen suchte…

Eine schmale Treppe führte an den Klippen hinunter zum Meer. Gabriel hatte Mühe, nicht auszurutschen.
Sollte Dana hier wirklich mit Buddy entlanggegangen sein? So recht konnte er sich das nicht vorstellen. Dennoch ging er hinunter und fand sich in einer kleinen Bucht wieder, die bei Tageslicht bestimmt wunderschön war.
In der Dunkelheit sah es eher unheimlich aus. Ein kalter Schauer lief Gabriel über den Rücken.
Er lief verloren herum, suchte überall, doch Dana und Buddy waren nicht auffindbar.
Die nackte Angst packte ihn, jeder Funken Hoffnung war im Begriff, sich aufzulösen.
Er rannte mehr, als dass er ging, die steile Treppe wieder hinauf in den Wald. Seine Rufe klangen weit und wurden mit einem Echo beantwortet, doch als Gabriel wieder im Wald war, verstummten sie schnell.
Ohne Orientierung lief er durch den Wald, gehetzt von seiner eigenen Angst, seine Frau nicht wiederzufinden.
Hier war doch niemand, sie waren in ihrem Ferienhaus allein, das nächste Haus stand fast einen Kilometer weg. Es konnte doch nicht sein, dass sich Dana so verlaufen haben konnte. Buddy war doch bei ihr, er würde auf jeden Fall zurückfinden.
Oder nicht?
Schließlich warf er sich erschöpft auf die Knie. Heiße Tränen rollten ihm über die kalten Wangen, sein Puls ging so schnell, dass er ihn hören konnte. Eine

Ohnmacht drohte, ihn zu überwältigen. Was sollte er nur tun?
Verzweifelt rief er immer weiter, erstickt durch sein Schluchzen klangen die Namen der beiden doch eher wie ein Jaulen in der Nacht.
Was war das? Hatte er etwas gehört?
Gabriel versuchte, seine Stimme unter Kontrolle zu bekommen, sich zu beruhigen, um noch einmal zu lauschen.
Ein Tier, ein Hase vermutlich rannte plötzlich aus dem Gebüsch neben ihm. Erschrocken fuhr Gabriel herum. Aber er hörte noch etwas. Leise, ganz leise konnte er ein Jammern hören. Es klang wie das Heulen eines kleinen Kindes oder einer Katze.
Vorsichtig lief er in die Richtung, aus der er das Geräusch vermutete. Das Licht seiner Taschenlampe wurde langsam schwächer, doch ein Stück weiter vor sich konnte Gabe etwas sehen. Es war nicht sehr gut zu erkennen und er hoffte inständig, dass es nicht das war, was er vermutete. Horrorszenarien spielten sich blitzschnell in seinem Kopf ab, in denen Dana die Hauptrolle übernahm.
Nein! Es war sicher ein verletztes Tier, nichts weiter.
Gabriel versuchte, seine Gedanken zu ordnen. Doch als er bei dem vermeintlich verletzten Tier angekommen war, sollte sich zumindest ein Teil seiner schlimmsten Befürchtungen bewahrheiten!
Buddy!

Er lag schwer verletzt an einer Baumwurzel, versuchte den Kopf zu Gabe herumzudrehen, schaffte es aber nicht. Er schien sich kaum bewegen zu können, sein Rücken und sein Kopf waren blutüberströmt, als wäre er durch Maschendraht gelaufen.
Gabriel schrie aus voller Kehle. Seine Schmerzen beim Anblick seines Hundes übermannten ihn und ihm wurde klar, dass etwas Schlimmes passiert sein musste.
„Wo ist Dana? Wo ist dein Frauchen?"
Immer wieder redete Gabe wie im Wahn auf Buddy ein, als könne er ihm antworten.
Währenddessen versuchte Gabriel, Buddy hochzuheben. Doch es wollte ihm nur schwer gelingen.
Er musste sich zunächst orientieren. Er musste so schnell wie möglich zurück zum Ferienhaus und die Polizei alarmieren.
Nein! Das musste er sofort tun!
Er nahm sein Handy aus der Tasche und versuchte mit zitternden Händen, die Nummer zu wählen. Es gelang ihm nicht. Er schrie wie ein Sterbender in die Nacht.
Gabe, konzentriere dich verdammt, sagte er sich immer wieder, bis es ihm schließlich gelang, die Polizei zu erreichen.
Er schilderte in kurzen Sätzen, was passiert war. Am anderen Ende der Leitung blieb es ruhig.
„Sind Sie sich sicher? So etwas ist bei uns noch nie passiert. Sicher ist Ihre Frau längst zu Hause und der Hund ist ihr nur davongelaufen. Außerdem ist es

bestimmt noch keine 24 Stunden her", sagte der Beamte in aller Gemütsruhe.

Gabriel starrte auf sein Handy. Das war doch jetzt nicht wahr!

„Ist das etwa Ihr Ernst? Ich stehe hier mitten im Wald, mein schwer verletzter Hund liegt vor mir, meine Frau ist weg, seit Stunden und Sie meinen, das ist alles ein Spiel?"

Gabriel hatte große Mühe, sich zusammenzureißen.

„Guter Mann, beruhigen Sie sich erst einmal. Gehen Sie zurück in Ihr Ferienhaus und wenn Ihre Frau nicht da ist, melden Sie sich wieder."

Gabriel traute seinen Ohren nicht. Er wollte noch etwas erwidern, aber der Beamte hatte bereits aufgelegt.

Wutentbrannt steckte Gabe das Handy ein und versuchte erneut, Buddy hochzuheben. Der jaulte laut auf. Er musste jämmerliche Schmerzen haben. Jetzt galt es zunächst, ihm zu helfen und ihn versorgen zu lassen. Immer wieder redete Gabe auf seinen treuen Hund ein, beruhigte ihn und redete mit ihm wie mit einem Kind. Das schien ihm zu helfen, denn Buddy wurde sichtlich ruhiger.

Gabriel musste etwas finden, worauf er Buddy transportieren konnte. Er würde ihn nicht den ganzen Weg zum Haus tragen können, zumal es dem Tier unheimliche Schmerzen zu bereiten schien.

Er fand ein paar große Äste und einen Weidenstrauch. Mit etwas Mühe, aber unglaublichem Geschick band er die Weidenstreben um die dicken Äste und hatte so eine Trage zusammengebaut, auf der er Buddy zumindest ziehen konnte.

Gabriel versuchte, Buddy auf die Trage zu drehen, doch das ließen Buddys Schmerzen offensichtlich nicht zu.

„Ist gut, mein Großer. Wir schaffen das zusammen. Du wirst ganz schnell wieder gesund. Versprochen! Ich lass dich nicht im Stich! Und dann finden wir Dana! Wir finden sie!"

Diese Worte wiederholte Gabriel immer wieder, wie ein Mantra, um sich selbst zu beruhigen. Es war alles gut! Ganz bestimmt…

4

Irgendwie hatte es Gabriel geschafft, mit Buddy zum Ferienhaus zu gelangen.
Seine geringe Hoffnung, Dana im Haus anzutreffen, erstarb sofort, als er sah, dass alles dunkel war.
Es war noch alles so, wie er es verlassen hatte. Schnell rannte er dennoch durch alle Räume und rief nach ihr, doch sie war nicht da.
Sofort nahm er sein Handy, um erneut den Notruf zu wählen.
„Mr. Miller? Sind Sie es wieder?", fragte die gleiche Stimme am Ende der Leitung.
„Meine Frau ist nicht aufgetaucht. Ich brauche wirklich Ihre Hilfe und dringend einen Tierarzt für meinen Hund, schnell!"
Gabriels Stimme klang leise, aber bestimmt. Langsam gewann er seine Fassung wieder. Es würde niemandem etwas nützen, wenn er die Nerven verlieren würde, er musste jetzt stark sein und sehr klug handeln.
Nachdem er der Polizei noch einmal alles genau berichtet hatte, sagten sie ihm schnelle Hilfe zu. Eine Fahndung nach seiner Frau wurde veranlasst, eine Streife und der diensthabende Tierarzt zu ihm geschickt.

Unterdessen versuchte Gabriel, Buddy mithilfe eines mit warmem Wasser getränkten Lappens das Blut vom geschundenen Körper zu wischen.
Buddy schloss immer wieder die Augen, doch die Berührungen seines Herrchens schienen ihm gut zu tun.
„Halte durch, Kumpel! Sie sind gleich da."
Und tatsächlich dauerte es nicht lange und ein Aufgebot an Polizei und Notdienst stand vor der Tür.
Die Tierärztin widmete sich sofort dem verletzten Hund.
Die Polizisten fragten wieder und wieder nach, was am Abend zwischen den Eheleuten passiert war.
„Sie haben also gestritten?", fragte einer der Beamten noch einmal.
„Ja. Nein! Eigentlich nicht. Es war ein Missverständnis und meine Frau wollte nur noch einmal mit dem Hund an die frische Luft. Das ist mittlerweile mehrere Stunden her und was mit meinem Hund geschehen ist, sehen Sie ja selbst!", reagierte Gabriel wütend.
Unterstellten sie ihm etwa, etwas mit dem Verschwinden seiner Frau zu tun zu haben?
„Also, wenn Sie glauben, ich…", begann Gabriel.
„Wir glauben gar nichts. Wir untersuchen nur die Fakten und im Moment sieht es so aus, als ob Sie uns besser auf das Revier begleiten, Mr. Miller", fuhr ihm der Beamte ins Wort.
„Aber wir müssen sie doch suchen? Wir können doch jetzt nicht einfach abwarten?" Gabriel sah die Beamten ungläubig an.

„Das werden wir, vertrauen Sie uns. Sobald es hell wird, werden eine Hundestaffel und alle verfügbaren Kollegen die Gegend weiträumig abzusuchen. Doch zuerst kommen Sie mit uns mit."
Gabe konnte es nicht fassen.
„Aber wenn meine Frau dort im Wald auch irgendwo verletzt liegt, können wir doch nicht warten! Wie stellen Sie sich das vor? Ich kann jetzt hier nicht weg! Ich gehe allein und suche sie!"
Gabriel war im Begriff zu gehen, als die Tierärztin ihn zu sich rief.
„Mr. Miller, ich muss ehrlich sein. So wie es aussieht, ist Ihr Hund mit einer Eisenstange oder ähnlichem geschlagen worden. Es sieht nicht gut aus. Offensichtlich wurde er zudem vergiftet, was sein fortwährendes Erbrechen erklären würde. Ich werde ihn mitnehmen und tun, was ich kann, um ihm zu helfen, aber ich kann Ihnen nichts versprechen."
Die Mimik dieser Frau ließ tatsächlich nichts Gutes vermuten.
Gabriel sank auf den Boden neben Buddy.
„Ich habe ihm bereits ein Beruhigungsmittel gespritzt, damit wir ihn besser transportieren können. Doch vielleicht wäre jetzt der Zeitpunkt, sich von ihm zu verabschieden", meinte die Ärztin leise und wies ihren Mitarbeiter an herzukommen.
Gabriel war nicht mehr in der Lage, seine Gefühle zu beherrschen. Noch vor wenigen Stunden war seine Welt in Ordnung gewesen. Er war mit seiner Frau und

seinem geliebten Hund endlich im langersehnten und wohlverdienten Urlaub. Zeit miteinander verbringen, Familie planen, entspannen und mal nicht an die Arbeit denken, das Leben einfach genießen…
Und jetzt?
Wie in einem schlechten Film wurde sein Leben plötzlich durcheinandergewirbelt, sodass er nicht mehr wusste, was war oder ist. Nichts war mehr so wie zuvor. Seine Frau war verschwunden und sein Hund dem Tod näher als dem Leben. Wie konnte das passieren? Was um Himmels Willen hatte er verbrochen, dass so etwas geschah?
Die Tränen liefen ihm unkontrolliert über die Wangen. Er ließ es einfach zu und hoffte, die Schmerzen mit ihnen loszuwerden. Er umklammerte seinen Hund, wiegte ihn in seinen Armen und flüsterte ihm immer wieder ins Ohr, ihn nicht zu verlassen.
Gabriel konnte sich nicht erinnern, wann und ob er überhaupt jemals gebetet hatte, doch in diesem Moment tat er es. Er betete für Dana, für Buddy und für sich. Er betete dafür, dass alles gut werden würde und dieser plötzliche Alptraum ein Ende hatte.
Er brachte es nicht übers Herz, sich so von Buddy zu verabschieden, als würde er ihn nie wiedersehen.
Stattdessen gab er ihm einen Kuss auf den zerschundenen Kopf und sah die Ärztin flehend an.
„Tun Sie bitte mehr als Ihr Bestes."

„Ich werde selbstverständlich tun, was Sie für richtig halten", wandte sich Gabriel schließlich an die Beamten. „Doch ich bitte Sie, Ihre Ermittlungen und meine Vernehmung hier zu beginnen. Ich möchte nicht, dass meine Frau möglicherweise zurückkommt und ich bin nicht da. Verstehen Sie?"
Den letzten Satz konnte Gabriel selbst nicht glauben und dennoch machte ihm dieser kleine Hoffnungsschimmer ein wenig Mut. Mut genug, um nicht aufzugeben, Mut genug, alles dafür zu tun, um Dana zu finden.
Einer der Beamten nahm sein Handy und hob kurz die Hand, um Gabriel damit anzuzeigen, dass er das erst mit der Einsatzleitung besprechen musste.
Nachdem er das Gespräch beendet hatte, ging er auf Gabriel zu, der sich inzwischen auf das Sofa gesetzt hatte und den Kopf in den Händen vergrub.
„Mr. Miller, ich habe mit dem Chef gesprochen. Er ist vorerst einverstanden und wird bei Tagesanbruch hier sein, um die Ermittlungen zu beginnen. Solange werden zwei unserer Kollegen bei Ihnen bleiben und sich im Haus umsehen."
Der Beamte sprach ruhig, dennoch hatte Gabe das Gefühl, noch immer verdächtigt zu werden, etwas mit Danas Verschwinden zu tun zu haben.
„Was immer Sie wollen", antwortete er schließlich resigniert. Er fühlte sich plötzlich erschöpft. Die Müdigkeit und Ohnmacht, in diesem Moment nichts tun zu können, hatten ihn übermannt und er sank auf

dem Sofa zurück. Sein Blick starrte ins Leere, doch seine Gedanken gaben keine Ruhe. Immer wieder sah er die letzten Augenblicke mit Dana vor sich. Wie sie reagiert hatte, als er versuchte, sie zu verführen. So untypisch für sie, es kam ihm alles so irreal vor.

Sicher, er hatte wieder das brisante Thema Kinderwunsch angesprochen, doch so heftig hatte sie bisher nie reagiert. Irgendetwas stimmte nicht mit ihr und er konnte sich beim besten Willen nicht erklären, was es sein konnte. Verheimlichte sie ihm etwas? Konnte das etwas mit ihrem Verschwinden zu tun haben? Nein! Sicher nicht! Er kannte Dana einfach zu lange. Seit ihrem Studium waren sie ein unzertrennliches Paar gewesen, nie gab es Geheimnisse zwischen ihnen. Warum also ausgerechnet jetzt? Oder hatte er sie mit dem Wunsch nach einer Familie, einem Kind, doch zu sehr unter Druck gesetzt? So sehr, dass sie einfach vor ihm davonlief?

Gabriel versuchte, seine wirren Gedanken zu ordnen, und war so damit beschäftigt, dass er nicht mitbekommen hatte, wie Buddy weggebracht wurde. Erst als er die Hand eines Polizisten auf seiner Schulter spürte, war er plötzlich wieder in der Realität angekommen.

„Mr. Miller, vielleicht sollten Sie sich ein wenig ausruhen."

Es war ein anderer Beamter als der, der noch vorhin mit ihm gesprochen hatte. Als sich Gabe umsah, bemerkte er, dass kaum noch jemand im Haus war. Zumindest sah er niemanden mehr.

„Meine Kollegen schauen sich gerade im Obergeschoß um. Brauchen Sie vielleicht einen Arzt? Es scheint Ihnen nicht gut zu gehen", sprach der Polizist weiter.

Nein, verdammt, es geht mir nicht gut, dachte Gabe. Ich weiß nicht, wo meine Frau ist und warum sie verschwunden ist und mein Hund kämpft um sein Leben! Wie um Himmels Willen soll es mir da gut gehen?

Ruhiger, als er es selbst erwartete hatte, antwortete Gabriel: „Ich brauche keinen Arzt, ich brauche Ihre Hilfe, meine Frau zu finden. Das ist alles!"

5

Er konnte sie hören. Überall! Diese entsetzlichen Hunde! Das Gebell war ohrenbetäubend und zerrte an seinen Nerven.
Es war noch nicht einmal richtig Tag. Seine Augen, sein ganzer Körper war noch müde von den Anstrengungen der letzten Nacht.

Diese Frau war zwar zierlich, doch er hatte sie einen beschwerlichen Weg lang tragen müssen, um in sein kleines Reich zu kommen. Anschließend musste er zurückgehen, um alle Spuren zu verwischen. Er hatte nicht viel Zeit, lange würde es nicht dauern, bis sie nach ihr suchen würden.
Den dämlichen Köter musste er auch noch loswerden. Er hatte sich hartnäckig gewehrt, an dem Gift zu verrecken, welches er in das Fleisch getan hatte.
Aber die Schläge hatten ihm den Rest gegeben, keinen Laut gab er mehr von sich, als er im Gebüsch lag.
Dass es mit diesem elenden Vieh so lange dauern würde, hatte er nicht einberechnet, aber egal.
Sein Plan würde aufgehen.
Niemand würde ihn finden, nicht bevor er es selbst bestimmte, nicht bevor Dana und vor allem Gabriel bekommen hatten, was sie lange verdient hatten!

Es hatte nicht einmal so lange gedauert, wie er es vermutet hatte.
Sie war allein im Wald unterwegs gewesen, wie wunderbar!
Eigentlich war alles besser und schneller verlaufen, als er es angenommen hatte, das konnte nur ein gutes Zeichen sein!
Es hatte ihn so viel Mühe und Zeit gekostet, alles genau zu planen, so lange schon und jetzt würde er endlich Genugtuung erfahren. Ja, endlich!
Und das ohne die vielen gut gemeinten Ratschläge seiner Familie und dieses kranken Psychologen, der nur versuchte, ihn mit Medikamenten ruhig zu stellen. Aber nicht mit ihm! Seit er diese Dinger nicht mehr nahm, ging es ihm viel besser und er sah alles genau vor sich...alles.

*

Ganz langsam öffnete sie ihre Augen. Sie taten weh und brannten. Es war nicht ganz einfach, nicht wieder einzuschlafen, denn eine maßlose Mattheit, die sie so nicht kannte, hatte ihren Körper im Griff.
War es möglich, dass sie träumte?

Den Geruch, den sie wahrnahm, vermochte sie nicht einzuordnen. Es roch muffig und feucht. Die Kälte, die sie umfing, ging ihr durch und durch.
Mühsam richtete sie sich ein wenig auf und versuchte sich zu erinnern, was passiert war.
Sie hatte sich mit Gabe gestritten, vielmehr hatte sie einfach überreagiert und war mit Buddy noch einmal ein Stück gegangen, ja. Bis zu dieser eingefallenen Hütte, von der Buddy nicht loszukommen schien. Und dann war da dieser kleine Raum mit der Kerze.
Schlagartig fiel es Dana wieder ein!
Auf dem Tisch lag ein Buch mit ihrem Namen! Sie war in der Hütte gewesen und hatte versucht, mit Buddy schnell wieder herauszukommen. Sie hatte bemerkt, dass noch jemand im Raum gewesen sein musste und dann?
Nichts mehr.
Dana hatte keine Erinnerung mehr daran, was danach geschehen war.
Die Dunkelheit in ihrem Kopf begann sich nur sehr langsam aufzulösen. Ihr Körper drohte immer wieder von einer ermattenden Müdigkeit übermannt zu werden, der sie nur schwer widerstehen konnte. Doch ihr Verstand wehrte sich vehement dagegen. Sie war sich dessen bewusst, dass sie sich in einer möglicherweise gefährlichen Situation befand, aus der sie versuchen musste zu entfliehen. Die nackte Angst packte sie, je wacher ihr Kopf und ihr Körper wurden.

Vorsichtig tastete sich Dana an der Wand entlang, an der sie lehnte. Der Raum war sehr klein, nur ein schmaler Lichtschein war zu sehen, er vermochte jedoch nicht, ihre Umgebung zu erhellen.

Als sie auf die Lichtquelle zukam, erkannte sie, dass es wieder eine Kerze war, die diesmal nicht auf einem wackeligen Tisch, sondern auf einer morschen Holzkiste stand.

Sie sah, dass sie sich nicht mehr in der Hütte, nicht mehr in dem Raum befand, an den sie ihre letzte Erinnerung knüpfte.

Diese Umgebung roch nicht nur anders, sie fühlte sich auch anders an.

Dana spürte ihre feuchten Hände, die sich noch gerade eben an der vermeintlichen Wand entlang getastet hatten. Es fühlte sich an wie brüchiger Stein und Erde.

Sie nahm die Kerze, deren Schein nicht einmal mehr für eine Stunde ausreichen würde, und versuchte, sich umzusehen.

Dana stockte der Atem, als sie erkennen konnte, wo sie sich befand.

Vor ihr lang eine Art Höhle, mehr oder minder notdürftig gestützt von ein paar modrigen Holzbalken, Erde und Betonbrocken, die vermutlich verhindern sollten, dass das Erdloch einstürzte.

Ein eiskalter Schauer durchfloss Danas Körper, gleichzeitig gefolgt von einer aufkeimenden Panikattacke, wie sie sie nur zu gut kannte.

Wo war ein Fenster, eine Tür, ein Ausgang?

Dana zuckte zusammen, als sie einen ungewöhnlich lauten Schrei vernahm, und sank auf den Boden. Erst als sie die Hand von ihrem Mund nahm und ihr ängstlicher Blick alles abgesucht hatte, bemerkte sie, dass sie es selbst gewesen war, die geschrien hatte.
Ihr Herz schlug so laut gegen ihren Brustkorb, dass sie es hören konnte.
Ihre Atmung beschleunigte sich, zu sehr, wie sie wenig später feststellen musste. Sie hyperventilierte und drohte, das Bewusstsein zu verlieren. Schnell versuchte Dana, sich ein wenig zu beruhigen, atmete tief ein und aus, denn es würde ihr nicht helfen, wenn sie sich von ihrer Panik gefangen lassen nehmen würde.
Sie musste ihre Gedanken ordnen, versuchen zu verstehen, was zum Teufel gerade mit ihr geschah!
Vorsichtig stellte sie die Kerze zurück, mit zitternden Händen mühsam darauf bedacht, dass sie nicht ausging.
Dana kauerte sich auf den Boden, presste die Knie ganz fest an ihren Körper und bemühte sich, ihrer Angst Herr zu werden.
Der einzige Gedanke, den ihr Kopf im Moment zuließ, war Gabriel.
Ihre letzten Stunden zusammen, dieser irrsinnige Streit, ihr Spaziergang mit Buddy...
Wo war Buddy? Er war doch bei ihr gewesen, sie hatte doch versucht, ihn aus der Hütte zu bekommen, weil ihr alles plötzlich so unheimlich vorkam.
„Buddy?"

Ganz leise rief sie ihren Hund, obwohl sie wusste, er war nicht bei ihr. Und doch hatte sie einen kleinen Hoffnungsschimmer, der jedoch so schnell verblasste, wie er gekommen war.

Wieder kreisten ihre Gedanken um Gabe, der ihr nie so sehr gefehlt hatte wie in diesem Augenblick.

Dana hatte keine Vorstellung davon, wo sie war, warum sie hier war und vor allem, ob sie ihren Mann je wiedersehen würde. So gerne würde sie die Zeit zurückdrehen, Gabe einfach alles sagen, was sie belastete, doch mehr und mehr bekam sie das Gefühl, dass dies nie geschehen würde.

Ihre Hand tastete ihren Bauch ab, der zu schmerzen begonnen hatte. Sie hatte Hunger, sollte etwas essen und trinken, damit die Schmerzen vergingen.

Sie redete sich ein, dass es am Essen liegen musste, es konnte nicht anders sein, denn die aufkommende Gewissheit, Gabe nie die Familie schenken zu können, die er sich so sehr wünschte, drohte ihr den Verstand zu rauben. Hätte sie nur mit ihm geredet, ihm alles erklärt, dann wäre sie nie noch einmal allein in den Wald gegangen und in diese irrwitzige, mysteriöse und beängstigende Situation geraten...

*

Sie schläft! Gut! Es wird nicht lange dauern, bis sie länger schläft, als es ihr lieb ist!
Doch vorher sollte sie ihre eigene Geschichte lesen.
Es hatte ihm gar nicht so viel Mühe gemacht, dieses kleine Buch über Dana anzufertigen, und der Schock, den sie bekommen hatte, als sie den Einband gestern in der Hütte gesehen hatte, war fast schon Lohn genug für seine harte Arbeit und Vorbereitung.
Es war erst der Anfang, aber ein sehr guter. Er war ein Genie! Niemand hätte ihn jemals unterschätzen sollen, niemand hätte ihn in diese Klinik schicken und ihn für psychisch labil halten sollen.
Jetzt würde er es allen beweisen!
Er würde sich rächen!
Denn das war die einzige Möglichkeit für ihn, wieder alles gutzumachen!
Dann, endlich, konnte er wieder bei Christi sein.
Sie hatte sein Leben lebenswert gemacht, sie hatte ihn glücklich gemacht, doch das Schicksal hatte sie getrennt.
Nein! Es war nicht das Schicksal gewesen, es war allein die Schuld dieses ach so tollen und glücklichen Paares Dana und Gabriel!
Sie würden dafür zahlen, so wie er es hatte tun müssen, als er Christi gehen lassen musste!
Und er würde es nicht so machen, wie es geplant war.
Er würde dieser Dana nicht nur einen Schrecken einjagen...

Vorsichtig, dass sie ihn nicht bemerkte, betrat er das Verlies, welches er noch ein wenig ausgebaut hatte. Es war ein Glück für ihn gewesen, als er den zwar eingefallenen, aber immerhin vorhandenen Tunnel entdeckt hatte. Er musste aus der Kriegszeit stammen. Eine Art Rettungstunnel aus der ehemaligen Behausung im Falle eines Angriffs vielleicht und für ihn perfekt.
Es war keine Meisterleistung der Baukunst, aber das war auch nicht nötig.
Nachdem er mit Dana durch den schmalen Gang in den kleinen Raum gegangen war, musste er nur ein paar morsche Balken einreißen und das Erdreich stützte zusammen. So war es nicht so leicht, seine Spur zu verfolgen.
Mehr als ein paar Tage oder vielleicht Wochen würde er nicht mehr halten müssen, bis Dana bekommen hatte, was sie verdiente.

Er würde grausam sein, sehr grausam.
Er würde sie quälen, bis sie am Ende darum flehen würde, sterben zu dürfen.
Bei dem Gedanken daran huschte ihm ein verkrampftes Lächeln über das Gesicht.
Er zündete eine neue Kerze an. Die andere war inzwischen heruntergebrannt.
Er achtete sorgfältig darauf, nicht gehört zu werden, als er das Buch auf die Holzkiste legte und ein halbvolles Glas Wasser dazustellte.

Wenn sie aufwachte, würde sie die Seiten lesen, die er bisher geschrieben hatte.
Jeden Tag ein paar Seiten mehr, bis sie erahnen konnte, was ihr bevorstand.
Wenn er es sich recht überlegte, war der Aufwand schon ziemlich groß, doch es würde sich lohnen.
Christi hatte immer gerne geschrieben, viele kleine Geschichten, lustige, spannende und am Ende traurige.
Es war eine Art Hommage an sie, er schuldete es ihr.
Als er an sie dachte, hielt er länger inne, als er es vorhatte. Dana begann sich zu bewegen.
Schnell reagierte er und verschwand durch den schmalen Ausgang, der von innen kaum zu sehen und nicht zu öffnen war.
Die Verriegelung klappte zu und Dana war wieder allein.

6

Gabriel wachte auf und erschrak, als er gegenüber der Couch einen Polizisten stehen sah.
Bisher hatte er geglaubt zu träumen. Ein Alptraum, der ganz sicher vorbei war, sobald er die Augen öffnete.
Immer wieder waren ihm im Traum die letzten Stunden durch den Kopf gegangen und noch immer hoffte er, dass Dana neben ihm in seinen Armen lag und der Spuk ein Ende hatte.
Doch der Polizist im Zimmer holte Gabriel sofort in die schmerzliche Realität zurück.
Verwirrt suchte er den Raum ab. Der Beamte ihm gegenüber war nicht der Einzige. Weitere Beamte in weißen Handschuhen machten sich in der Ferienwohnung zu schaffen.

„Wie spät ist es?", fragte Gabriel benommen.
„Es ist fast Mittag. Sie haben lange geschlafen, Mr. Miller."
Die Stimme des Beamten klang etwas vorwurfsvoll, doch das war Gabe in diesem Moment herzlich egal.
Wieder im Vollbesitz seiner geistigen und körperlichen Kräfte fragte er sofort weiter:
„Haben Sie Dana gefunden? Ist sie hier?"
Das Gesicht des Beamten verfinsterte sich für einen kurzen Moment.

„Es tut mir Leid. Sie ist weder zurückgekommen noch haben die Kollegen sie bisher gefunden. Seit Tagesanbruch ist unsere Hundestaffel im Einsatz, doch ohne Erfolg."

Das war es nicht, was Gabriel hören wollte. Er hätte alles ertragen können, einen heftigen Streit mit Dana, wenn sie zurückgekommen wäre, Vorwürfe, weil er sie unter Druck setzte oder Ähnliches. Aber nicht das!

Der Alptraum hatte ihn wieder eingeholt und er schien noch lange nicht vorbei zu sein.

„Ich werde mit Ihren Kollegen suchen, bestimmt suchen sie einfach nicht sorgfältig genug!"

Gabriel hatte Mühe, seine Wut unter Kontrolle zu bekommen. Wie schwer konnte es sein, Dana zu finden? Es musste doch ein Leichtes für diese Leute sein! Sie waren doch ausgebildet für solche Situationen, oder etwa nicht?

Als er aufgestanden war und seine Jacke übergezogen hatte, hielt ihn der Beamte am Arm fest.

„Sie gehen nirgendwohin, Mr. Miller. In ein paar Minuten kommen unsere Kollegen von der Mordkommission, um Sie noch einmal zu vernehmen."

Gabriel hatte die Worte des Mannes gehört, verstanden hatte er sie allerdings nicht. Sein Gehirn weigerte sich vehement dagegen, diesen Gedanken zuzulassen. Dana war nichts passiert, verdammt! Es war nur ein kleiner Streit gewesen, deshalb war sie noch einmal rausgegangen. Wer um Himmels Willen sollte ihr etwas antun wollen? Und vor allem, warum?

Mordkommission?

Nein!

Niemals!

Es würde eine Erklärung für alles geben.

Erst als Gabe von einer jungen Frau mehrfach angesprochen wurde, bemerkte er, dass er wieder auf der Couch saß. Ihm gegenüber zwei Fremde. Diese Frau und ein etwas älterer Mann.
„Mr. Miller, wir sind von der Mordkommission und haben noch einige Fragen an Sie."
Gabriels Kopf war vollkommen leer. Er konnte nicht einmal genau sagen, wo er sich befand und was er hier machte.
Er konnte nur mit Sicherheit sagen, dass ihm Dana fehlte. Aber nicht so, als würde er sie in ein paar Stunden wiedersehen, nein, sein Gefühl war ein anderes. Es war das Gefühl, sie verloren zu haben, ohnmächtig zu sein, sie wiederzubekommen. Es fühlte sich an, als würde ein Teil von ihm fehlen, ein sehr großer Teil, der Teil seines Seins, der ihn lebendig machte.

„Sie erklären mir jetzt noch einmal ganz genau, was gestern hier passiert ist."

Die junge Frau klang sehr bestimmt. In einer anderen Situation wäre Gabe von einer solch couragierten Frau begeistert gewesen, doch nicht jetzt! Jetzt fühlte er sich angegriffen, genervt und seine Wut baute sich langsam auf.

Trotz allem musste er Ruhe bewahren, es ging tatsächlich darum herauszufinden, wie es zu diesem Alptraum gekommen war und vor allem, wie verdammt noch einmal er so schnell wie möglich beendet werden konnte.

Ruhig und beherrscht versuchte Gabe zum wiederholten Mal zu erklären, wie die letzten Minuten mit Dana gewesen waren.

„ Wissen Sie, wir hatten eigentlich keinen Streit. Es war vielmehr eine kleine Meinungsverschiedenheit, in der ich etwas überreagiert habe. Ich bin mit meiner Frau hier an diesem Ort, um endlich etwas mehr Zeit füreinander zu haben. Wir arbeiten seit unserem gemeinsamen Studium beide sehr hart und für mich ist der Zeitpunkt gekommen, unserem Leben einen neuen Sinn zu geben. Ich möchte eine Familie gründen, doch Dana fühlt sich noch nicht dazu bereit. Ich weiß das, doch ich habe eben wieder versucht, sie vom Gegenteil zu überzeugen, wenn Sie verstehen. Doch nie vorher hat Dana so abwehrend reagiert wie dieses Mal. Ich war einfach gekränkt und bin nach oben gegangen. Doch wenn ich jetzt darüber nachdenke, muss ich zugeben, dass etwas anders war. Dana wirkte nachdenklich, als würde sie etwas sehr beschäftigen. Es wirkt jetzt fast so auf mich, als läge ihr etwas auf dem Herzen, worüber sie nicht sprechen konnte. Oder wollte. Ich kann es nicht anders erklären."

Gabriel ließ die letzen Tage Revue passieren. Dana war eigentlich schon länger etwas seltsam und zurückhaltend gewesen. Doch warum? Was konnte vorgefallen sein, dass sie nicht einmal mit ihm darüber reden konnte?

„Was geschah, als Sie nach oben gegangen waren, Mr. Miller?"

Gab stand auf und lief zum Fenster. Er starrte hinaus in den Wald, der ihm nicht mehr das Gefühl von Ruhe und Gemütlichkeit gab, sondern ihm Angst machte.

„Genau das weiß ich nicht. Ich kann nur sagen, dass ich wenig später nach unten ging, um noch einmal mit Dana zu reden, mich zu entschuldigen. Aber sie war nicht mehr da. Buddy auch nicht, also ging ich davon aus, dass sie noch einmal mit dem Hund Gassi gegangen war. Mehr weiß ich nicht. Den Rest der Geschichte kennen Sie."

Von seiner anfänglichen Wut darüber, dass die Polizei offenbar ihn für das Verschwinden seiner Frau verantwortlich machen wollte, war nichts mehr zu spüren.

Gabriel spürte das bedrohliche Gefühl erneut in sich aufkeimen. Er konnte es nicht anders beschreiben, doch die Leere, die sich langsam, aber bestimmt in ihm ausbreitete, begann ihn innerlich aufzufressen. Er hatte Angst davor, nie wieder er selbst sein zu können, seine Frau nicht mehr in den Arm nehmen zu können, nie mehr glücklich sein zu können…ohne Dana sein zu müssen.

Die Einsicht traf ihn hart. Es war eine Möglichkeit, die er bisher nicht in Betracht gezogen hatte, nicht in Betracht ziehen wollte. Doch sein Gefühl verriet ihm, dass diese bisher ausgeschlossene Möglichkeit Teil seines Lebens werden könnte.

Schnell versuchte sich Gabriel wieder zu fangen und einen klaren Gedanken zu fassen. Als er sich herumdrehte, schaute er in das nüchterne Gesicht der jungen Beamtin.

„Mr. Miller, es tut mir ausgesprochen Leid. Doch Sie verstehen sicher, dass uns Ihre Aussage nicht weiterbringt und Sie sich bis zur Aufklärung des Falles zur Verfügung halten müssen. Wir werden Sie vorerst in einer nahegelegenen Pension unterbringen und unter Beobachtung halten."

7

Dana öffnete vorsichtig die Augen. Ihr kurzer Schlaf war von Schmerzen geplagt gewesen, Gedanken und wirren Fragen und der Hoffnung, neben Gabe aufzuwachen und nur einen schrecklichen Traum gehabt zu haben.

Doch die Hoffnung erlosch sofort, als sie die Dunkelheit bemerkte, die sie umgab, den modrigen Geruch bewusst wahrnahm und den schwachen Schein der Kerze sah.

Langsam versuchte Dana, sich aufzurichten. Es kam ihr so vor, als hätte sie schon mehrere Tage oder Nächte auf diesem harten Boden gelegen.

Jeder Knochen tat ihr weh, ihr Bauch schmerzte und ihr Kopf. Sie hatte Durst und kroch mehr, als dass sie ging, zu der Holzkiste, auf der das Wasserglas stand.

Sofort bemerkte sie das Buch. Sie wich erschrocken zurück und hätte beinahe das Wasserglas fallen lassen, welches sie schon in der Hand hielt.

Vorsichtig tastete sie nach dem Buch mit ihrem Namen. Immer wieder las sie den Einband:

Dana Miller 1986-2017

Der Schock übermannte sie erneut, wie beim ersten Mal, als sie dieses Buch in den Händen gehalten hatte.

Ihr Name. Ihr Geburtsjahr. Und das Jahr, welches der Kalender gerade schrieb.

Die Bedeutung dessen konnte Dana nur herausfinden, indem sie sich überwand, das Buch zu öffnen und zu hoffen, dass ihre schlimmste Befürchtung nicht wahr werden würde…

Heute ist mein sechster Geburtstag. Mummy hat mir eine wunderschöne Geburtstagstorte gebacken. Sie steht schon auf dem großen Tisch im Wohnzimmer. Mittlerweile gefällt mir das Wohnzimmer in dem neuen Haus. Auch die Vorschule, in die ich seit ein paar Wochen gehe, gefällt mir ganz gut. Ich habe Freunde gefunden. Das ist so schön.

Nur Dad ist nie bei uns. Er arbeitet viel.

Gleich kommen meine Gäste. Laura, Betty und Christi haben versprochen, meinen Geburtstag mit mir zu feiern. Ich freue mich so sehr darauf, mit

ihnen zu spielen und zu toben. Mummy hat es erlaubt.

Aber Daddy ist noch immer nicht da. Es ist schon nachmittags und er hat mir am Telefon fest versprochen, heute da zu sein. Ich traue mich nicht, Mummy nach ihm zu fragen. Manchmal wird sie wütend, wenn ich sie nach Daddy frage. Manchmal ist sie aber auch ganz traurig und weint. Das möchte ich nicht. Nicht heute, an meinem Geburtstag.

Es klingelt und ich springe zur Tür. Ich hoffe, es ist Daddy…doch er ist es nicht. Meine Freundinnen stehen vor mir und singen: Happy Birthday für mich.

Ich schäme mich ein wenig, weil ich mich nicht so wohl fühle, wenn ich so im Mittelpunkt stehe, aber ich freue mich so sehr, sie hier zu haben und zerre sie mit mir hinein ins Haus.

Von Christi habe ich eine Puppe geschenkt bekommen. Sie gefällt mir sehr, mit ihren langen blonden Haaren, die man kämmen und waschen kann. Sie hat ein hübsches Gesicht und wenn ich groß bin, möchte ich auch gerne so aussehen und einen tollen Mann heiraten. So einen wie Daddy.

Ich spiele mit meinen Freundinnen im Garten und langsam wird es Abend. Als Mummy uns zum Abendessen ruft, erwarte ich eigentlich, Daddy am Tisch sitzen zu sehen. Doch er ist nicht da.

Ich werde traurig. Tränen rollen mir über die Wangen und ich möchte mich einfach nur noch in mein Zimmer zurückziehen und mich unter der Decke verkriechen.

Als ich Mummy fragend anschaue und sie nur traurig den Kopf schüttelt, renne ich einfach nach oben.

Meine Freundinnen lasse ich am Tisch zurück. Ich möchte, dass sie gehen. Ich möchte, dass Daddy kommt und mich in den Arm nimmt und tröstet. Ich möchte, dass er mir sagt, wie lieb er mich hat. Ich möchte, dass er immer da ist, so wie Mummy. Ich möchte, dass er Mummy wieder lieb hat und sich nicht mehr mit ihr streitet, es ist sicher meine Schuld, weil ich nicht immer artig bin...

Mein Geburtstag ist schon einige Tage vorbei und ich bin seitdem nicht aus meinem Zimmer gegangen. Mummy hat mich in den Arm genommen und mir erklärt, dass Daddy nicht mehr nach Hause zurückkommt. Ich weiß nicht mehr, wie Daddy aussieht, ich weiß nur, dass ich ihn auch nicht mehr sehen möchte! Er kann wegbleiben! Er war zu meinem Geburtstag nicht da! Er hat mich im Stich gelassen! Und Mummy! Wegen so einer anderen Frau, die Mummy nicht kennt...

Dana ließ das Buch zu Boden sinken. Im Moment war sie nicht in der Lage weiterzulesen.

Das war ein Teil ihrer Geschichte. Ein Teil, den sie längst vergessen hatte und der doch in ihrem Unterbewusstsein immer wieder an ihr nagte.

Wer hatte ihr diese Zeilen geschrieben?

Es konnte doch niemand davon wissen. Zumal diese wenigen Zeilen sehr genau Danas Gefühle beschrieben, die sie damals gehabt hatte und wie es sich auch jetzt wieder anfühlte.

Sie hatte nie mit jemandem so ausführlich darüber gesprochen, außer...ja, außer mit Gabriel! Oder?

Danas Herz schlug schneller. Wirre Gedanken und Möglichkeiten schossen ihr durch den Kopf. Was hatte das alles zu bedeuten?

Sie nahm das Wasserglas und trank es mit einem Mal aus. Vorsichtig hob sie das Buch wieder auf und versuchte sich wieder auf das Lesen zu konzentrieren...

Mummy und ich fahren heute an den See. Sie hat mir versprochen, Christi unterwegs abzuholen. Sie ist meine beste Freundin und ich habe auch die Puppe dabei, die sie mir zum Geburtstag geschenkt hat.

Seit meinem Geburtstag habe ich Laura und Betty nicht mehr gesehen. Nur ganz kurz in der Vorschule und sie sagten mir, dass sie nicht mehr mit mir befreundet sein wollen, weil ich an meinem Geburtstag so komisch war und sie allein gelassen habe.

Bei Christi ist das anders. Sie ist noch immer meine Freundin und das macht mich glücklich. Ich habe Mummy und Christi…

Hier hörte die Geschichte auf.

Dana wurde plötzlich schwindlig. Sie versucht noch, sich an der Holzkiste hochzuziehen, doch es gelang ihr nicht. Ihre Beine gaben nach und sie sank auf dem Boden zusammen.

*

Vielleicht sollte er ihr beim nächsten Mal etwas mehr zu trinken geben. Und vielleicht nicht so viele K.-o.- Tropfen? Und vielleicht etwas zu essen?

Ein paar Tage musste dieses undankbare Miststück noch durchhalten...solange, bis sie nicht nur ihre eigene Geschichte noch einmal vor Augen hatte, sondern auch genau wusste, wie ihre eigene Geschichte endete...

Hämisch lachend verließ er seine kleine Höhle der Rache, wie er sie nannte.

Sie wird noch eine Weile schlafen, genug Zeit, um sich selbst etwas auszuruhen und ihre Geschichte weiterzuschreiben...

8

Gabriel kam sich in dem kleinen Zimmer der Pension vor wie in einem Gefängnis. Etwas anderes war es ja auch nicht, wenn man es recht betrachtete. Im Foyer saßen zwei Beamte und ab und an auch direkt vor Gabes Zimmertür.

Zwei Tage war es nun her, dass Dana verschwunden war. Keine Spur bisher, kein Lebenszeichen und vor allem hatte Gabe keine Ahnung, was das alles zu bedeuten hatte. Er konnte es sich einfach nicht erklären, sooft er auch darüber nachdachte, er wusste einfach nicht, was passiert war.

Ein Gewaltverbrechen schloss er noch immer kategorisch aus, er konnte nicht sagen, warum, aber es erschien ihm irgendwie zu einfach. Es musste eine andere Antwort geben.

Er entschloss sich, noch einmal mit dem Leiter der Ermittlungen zu reden.

Als er nach unten ging, sah er ihn bereits mit der jungen Beamtin reden, die ihn ebenfalls schon befragt hatte. Die beiden erkannten Gabe und unterbrachen sofort ihre Unterhaltung. Ohne Umschweife, und es war sehr genau zu spüren, dass Mr. Jacobs Gabriel nicht besonders mochte und ihm noch weniger über den Weg traute, fragte er ihn, ob er bereits von der Tierärztin gehört hätte.

Gabe sah ihn erschrocken an. Wie konnte er nur vergessen haben, dass Buddy möglicherweise nicht durchkommen würde?

Er sank in den Sessel und schlug die Hände vors Gesicht. Es war alles zu viel. Gabe wusste im Moment gar nichts mehr. Es fühlte sich so an, als wäre sein Kopf völlig leer und gleichzeitig voller Probleme, die er einfach nicht bewältigen konnte.

„Vielleicht sollten Sie ihr Handy bei sich behalten, Mr. Miller. Nicht nur, dass Sie erreichbar bleiben, sondern auch für den Fall…" Mr. Jacobs unterbrach sich kurz und Gabe sah zu ihm auf.

Etwas weniger herrisch fuhr der Beamte fort:

„Also zunächst erst einmal konnte durch die Tierärztin festgestellt werden, dass ihr Hund tatsächlich vergiftet worden ist. Es handelt sich hier aber nicht um irgendein herkömmliches Gift, was auch oft genug von Tierquälern als Köder benutzt wird, sie geht davon aus, dass es sich um eine Art Medikamentencocktail gehandelt haben könnte, der Ihrem Hund verabreicht wurde. Sehr wahrscheinlich wurden die Medikamente in ein Stück Fleisch eingearbeitet."

„Wie geht es Buddy? Sagte die Ärztin, ob er es schaffen würde?" Gabes Stimme zitterte merklich. Die Gedanken an Buddy verdrängt zu haben, hatte ihm eindeutig besser getan, als sich jetzt damit auseinanderzusetzen, ihn möglicherweise verloren zu haben.

„Sie konnte mir noch keine genaue Auskunft geben. Das Gift, in seinem Fall die Medikamente in so hoher Dosis, haben einige Organe stark angegriffen, sodass er sich wohl noch immer in Lebensgefahr befindet. Das Gift wird derzeit im Labor untersucht."

Oh Gott, Buddy! Gabe konnte nur inständig hoffen, dass Buddy es schaffen würde. Doch was ihn wunderte, war, dass er mit Medikamenten vergiftet worden war. Das war eigentlich Gabriels Steckenpferd. Als Leiter der Abteilung zur Erforschung neuer Medikamente kannte er sich sehr gut damit aus.

Vielleicht konnte er doch etwas tun.

„Darf ich Ihnen helfen?"

Mr. Jacobs sah Gabe erstaunt an.

„Wenn ich ehrlich bin, Mr. Miller, helfen Sie uns mehr, wenn Sie erreichbar bleiben. Wir gehen mittlerweile davon aus, dass es sich um ein Verbrechen handelt. Möglicherweise um eine Entführung und wir vermuten, dass der oder die Täter sich bei Ihnen melden werden."

Gabriel war inzwischen aufgestanden.

„ Sie denken also, dass jemand gezielt die Entführung meiner Frau geplant hat und jetzt Lösegeld von mir verlangen könnte? Aber warum? Dafür gibt es doch gar keinen Grund? Einen so großen Bekanntenkreis haben wir durch unsere Arbeit nicht. Wer sollte so etwas tun? Es weiß ja nicht einmal jemand, wo wir sind. Bis auf meine Assistentin, die mich jedoch nur im äußersten Notfall anrufen sollte, falls es nötig gewesen wäre. Ich verstehe Sie nicht ganz."

Mit diesem Gedanken hatte Gabe bisher nicht gespielt. Und es brachte ihn noch mehr durcheinander, als er es sowieso schon war.

„Beruhigen Sie sich erst einmal. Es ist ein Ermittlungsansatz, nichts weiter, im Moment. Doch wir müssen alle Möglichkeiten ausschöpfen. Die Absuche des Waldstückes in der Nähe Ihres angemieteten Ferienhauses hat noch keine neuen Erkenntnisse gebracht. Derzeit wird ermittelt, wer der Eigentümer dieser eingefallenen Hütte war, die ja offensichtlich ab und an genutzt wird. Doch außer den Spuren Ihres Hundes vor der Hütte war nichts festzustellen. Die gesicherten Fußspuren stammen vermutlich von Ihrer Frau. Das ergab die Vergleichsanalyse. Mr. Miller, ich benötige noch ein Foto Ihrer Frau, um eine Fahndung einzuleiten."

Wortlos holte Gabe sein Lieblingsfoto von Dana aus seiner Geldbörse und übergab es dem Beamten.

Eine Entführung? Lösegeld?

Das war doch nicht möglich.

Wer um Himmels Willen sollte von ihm Lösegeld fordern wollen?

Wer, außer seiner Sekretärin natürlich, konnte wissen, wo sie sich gerade befanden?

Luzy sollte Gabe auch wirklich nur im äußersten Notfall anrufen und ihn und Dana sonst auf keinen Fall im Urlaub stören. Darum hatte er sie ausdrücklich gebeten. Gabe konnte sich hundertprozentig auf Luzy verlassen, das wusste er.

Erst jetzt fiel ihm ein, dass er seine Eltern noch gar nicht darüber informiert hatte, was passiert war. Sie wussten natürlich auch von ihrem Urlaub. Sie hatten ja auch sehr darauf gedrungen, dass sie sich endlich einmal eine Auszeit nahmen.

„Mr. Miller, ich muss Ihnen diese Frage stellen: Können Sie sich vorstellen, wer Ihre Frau möglicherweise entführt haben könnte? Gibt es jemanden, der Ihnen so etwas antun würde?"

Gabriel schaute den Beamten mit großen Augen an.

„Nein, nicht dass ich wüsste. Es ist ja auch nicht so, dass meine Frau und ich zu den Reichsten Großbritanniens gehören würden!"

Noch immer konnte sich Gabe mit dem Gedanken nicht anfreunden und er klang daher sicher wütender, als es gedacht war.

Der Polizeibeamte schaute ihn ernst an.

„Darum geht es meist nicht, Mr. Miller. Eine Entführung kann viele verschiedene Gründe haben."

Gabe antwortete nicht. Stattdessen verabschiedete er sich, indem er kurz die Hand hob und mit gesenktem Blick zurück nach oben ging.

Er musste mit seinen Eltern reden, ihnen irgendwie erklären, was passiert war, ohne sie mehr zu beunruhigen als nötig.

Er fand sein Handy in seiner Jackentasche. Er hatte es seit dem Umzug in die Pension nicht mehr in der Hand gehabt. Es war ausgeschaltet. Wäre Gabriel jetzt nicht im Urlaub, wäre ihm so etwas nicht passiert. Für die Firma waren Dana und er sonst 24 Stunden erreichbar.

Nicht jetzt. Doch er sollte auf den Beamten hören und tatsächlich darauf gefasst sein, dass er einen Anruf von einem möglichen Entführer bekam…doch wie sollte jemand an seine Handynummer gelangen? Das Gedankenkarussell drehte sich wieder in Gabes Kopf.

Nur wenige Leute kannten seine Nummer, seine Eltern, die Firma und einige wenige Freunde.

Als Gabe das Ladekabel anschloss und sein Telefon wieder in Betrieb war, waren plötzlich mehr als 20 Anrufe auf dem Display zu erkennen. Schnell sah er nach. Die meisten Anrufe waren von seinen Eltern, die sich offenbar schon Sorgen machten, da er sich nach der Ankunft im Ferienhaus noch nicht bei ihnen gemeldet hatte. Da waren noch zwei Anrufe von Luzy und einige von einer Nummer, die er nicht kannte.

Konnte das vielleicht der Entführer gewesen sein? Gabe schrieb die Nummer auf und rannte förmlich wieder hinunter in das Foyer. Die beiden Beamten von eben standen noch da und Gabe unterbrach sofort ihr Gespräch.

„Ich habe hier eine Nummer auf dem Handy, die ich nicht kenne. Sie sollten sie vielleicht sofort zurückverfolgen."

Der Polizist sah sich den Zettel an und schüttelte den Kopf.

„Was ist? Haben Sie nicht die Möglichkeit herauszufinden, wer der Anrufer war?"

Gabriel klang ungehalten.

„Doch, Mr. Miller, das könnten wir schon, aber es ist nicht notwendig."

„Warum?"

„Mr. Miller, das ist die Nummer der Tierärztin, die Ihren Hund behandelt. Wir kennen uns und ich kenne daher ihre Nummer. Ich sagte Ihnen doch, dass Sie angerufen hat, um Sie über den Zustand Ihres Hundes zu informieren."

Was hatte Gabriel eigentlich erwartet? Dass er sofort eine Nummer parat hatte, die die Polizei auf die Spur des möglichen Entführers bringen würde, sie ihn festnehmen könnten und er seine Frau dann sofort wieder bei sich hätte?

Eine leise Stimme in seinem Kopf sagte ihm, dass es genau das war, was er sich sehnlichst wünschte. Doch leider sah die Realität anders aus.

Ernüchtert ging Gabe zurück auf sein Zimmer.

Bevor er sich dazu überwand, seine Eltern anzurufen, um ihnen alles zu erklären, rief er die Tierärztin zurück, um sich nach Buddy zu erkundigen.

9

Ihr Kopf schmerzte und nur mit Mühe war Dana in der Lage, ihre Augen zu öffnen.

Die Hoffnung, in einem schrecklichen Traum gefangen zu sein, erlosch sofort, als sie den schwachen Schein der Kerze erkannte.

Früher hatte sie oft geträumt. Als Kind. Schlimme Alpträume hatten sie verfolgt, aus denen sie manchmal sogar hoffte, nicht wieder zu erwachen. Sie wusste noch, wie schwierig es gewesen war, nach diesen Nächten in die Realität zurückzufinden, da sie auch oft nicht wusste, ob sie noch träumte oder nicht.

Ähnlich ging es ihr jetzt auch. Und obwohl es so viele Jahre her war, erkannte sie dieses Gefühl sofort wieder. Panik stieg in ihr auf. Sie musste sich ablenken. Und zwar sehr schnell. Diese Attacken waren tückisch. Nicht wenige Male, wenn sie in diesen Angstzuständen verharrte, hatte sie sich von ihrer Mutter nicht helfen lassen, konnte sich nicht helfen lassen.

Und jetzt war sie allein. Ihre Gedanken begannen, sich dunkel einzufärben. Die schwarzen Wolken in ihrem Kopf wurden immer größer, drohten, sich komplett in ihrem Sein auszubreiten.

Die Kopfschmerzen wurden stärker, ihr ganzer Körper begann zu schmerzen.

Mühsam versuchte Dana aufzustehen und sich auf die Kiste zu setzen. Sie hatte gelernt, in solch schwierigen Situationen Atemübungen zu machen und sich so zu beruhigen.

Doch es fiel ihr schwer, sich überhaupt zu bewegen.

Ein stechend scharfer Schmerz durchzuckte sie. Ihr Aufschrei war durchdringend und sicher weit zu hören gewesen, nicht jedoch in ihrem Verlies...doch das wusste sie nicht.

Panisch begann sie um Hilfe zu schreien und als sie bemerkte, dass sich der Schmerz auf ihren Unterleib konzentrierte, verstummte ihre Stimme abrupt.

Sie schaffte es, sich aufzurichten und bemerkte, wie eine warme Flüssigkeit an ihren Beinen herabfloss.

Dana tastete erst vorsichtig ihren Bauch und dann langsam ihre zitternden Beine ab.

Blut!

Überall Blut!

Die dunklen Wolken übermannten sie mit einem Mal so heftig, dass sie nicht die geringste Chance hatte, sich dagegen zu wehren.

Erneut sackte sie zu Boden, umklammerte mit der letzten Kraft, die sie aufbringen konnte, schützend ihre angewinkelten Beine und damit ihren schmerzenden Unterleib.

Eine fremdklingende Stimme in ihr begann leise zu summen, ein Wiegenlied.

Das Lied ihrer Mutter. Das Lied aus ihrer Kindheit, wenn Mutter versuchte, sie darüber hinwegzutrösten, wenn ihr Vater wieder nicht bei ihnen war.

Und mit dem Singsang verschwand Dana im dunklen Schatten der Lethargie.

*

Warum, verdammt, schrie sie so laut? Es war nicht zu überhören, hier unten klangen die Schreie zwar seltsam gedämpft, doch noch immer deutlich. Doch niemals konnte man sie weiter weg, außerhalb seines kleinen Labyrinthes, hören.

Die Erde verschluckte jegliche Geräusche, die nach oben dringen wollten. Nur hier unten konnte man sie hören...

Dennoch sollte er nachschauen. Noch ein paar Tage musste sie durchhalten. Sie musste ihre Geschichte lesen, verstehen, warum sie sterben musste und wie.

Ein leichtes Grinsen machte sich auf seinem Gesicht breit. Er genoss es wirklich, sie zu quälen und damit Rache an Gabriel zu nehmen, der sein Leben zerstört hatte.

Er selbst hätte nicht gedacht, dass ihm sein eigener Plan je so viel Befriedigung verschaffen würde, doch er tat es und das spornte ihn an, immer mehr zu riskieren, die Schrauben noch fester anzuziehen, die Qualen für Dana so unerträglich zu machen, dass sie um Erlösung flehte.

Doch er hatte nicht damit gerechnet, was er zu sehen bekommen würde, als er in ihre Kammer ging…

Dana saß zusammengekauert in der Ecke, wiegte sich hin und her und sang undeutlich ein Kinderlied vor sich hin. Sie schien komplett abwesend, sie bemerkte ihn nicht. Noch stand er im Dunkeln der kleinen Kammer, direkt hinter der Tür, die nur er von außen öffnen konnte.

Ihr Anblick schockierte ihn für einen kurzen Moment. Doch er besann sich sofort und legte behutsam das Buch wieder auf die Holzkiste.

Ist es möglich, dass sie schon nach drei Tagen ohne genug Nahrung und Wasser so abgebaut hatte und sich in diesem Zustand befand? Medizinisch gesehen konnte das nicht möglich sein, denn die Nahrungs-und Wassermenge war seines Wissens zumindest zum Überleben ausreichend.

Dann entsann er sich, dass Christi früher oft erwähnt hatte, dass Dana krank sei. Sie aber weniger mit Husten, Schnupfen oder Fieber zu kämpfen hatte, sondern ihr Krankheitsbild vielmehr psychischer Natur war.

Das konnte er aber im Moment nicht gebrauchen! Das würde seinen Plan vereiteln. Wenn sie sich weiter in diesem Zustand befand, würde es schwierig werden , sie dazu zu bewegen, ihre Geschichte weiterzulesen und zu verstehen, warum sie sterben musste.

Er musste jedoch zugeben, dass er daran hätte denken sollen. Ihm war ein Fehler unterlaufen! Denn selbst ohne Danas Vorgeschichte, was ihre psychische Labilität anbelangte, hätte er damit rechnen müssen, dass ein Mensch in Gefangenschaft möglicherweise so oder ähnlich reagieren konnte, wie es Dana gerade tat.

Er musste sich etwas einfallen lassen! Sofort!

Entgegen seiner eigentlichen Vorgehensweise ging er langsam auf die Frau am Boden zu. Die kleine Tasche über seiner Schulter, die mit einer Flasche Wasser und einem Stück Brot gefüllt war, legte er vorsichtig auf dem Boden ab. Die neuen Seiten legte er in das Buch.

Er wollte nicht gesehen werden, auch wenn er eine Maske trug. Noch nicht. Sie würde ihn erkennen, dann, wenn er es so entschied. Am Ende ihrer gemeinsamen Reise.

Die Kerze auf dem Tisch war bereits wieder so weit heruntergebrannt, dass sie kaum noch ein Drittel des kleinen Raumes ausleuchtete. Er nahm eine neue Kerze aus der Jackentasche und zündete sie an.

Noch immer hatte Dana ihn nicht bemerkt. Sie sang weiter vor sich hin, verzweifelt, ängstlich und komplett in sich gekehrt.

Als die neue Kerze brannte, erkannte er in ihrem Gesicht ein kurzes Zögern. So, als ob Dana für einen Moment aus ihrer Dämmerung erwacht wäre.

Und er entdeckte im Schein der Kerze eine dunkle Flüssigkeit auf dem Boden. Direkt neben Dana.

Er tastete vorsichtig danach, immer bedacht darauf, dass die eingeschüchterte Frau ihn nicht wahrnahm und besah sich seine Finger im Licht.

Adrenalin durchströmte seinen Körper unvermittelt, als er erkannte, um was es sich handelte.

Blut! Es war Blut!

Sofort wich er zurück, wischte sich die Hand an seiner Jacke ab und tastete mit der andern nach dem Ausgang.

Wie konnte das sein? Womit hatte sie sich verletzt? Es gab nichts in dieser Kammer, womit sie sich hätte verletzen können. Das durfte nicht sein! Sie musste gefälligst nach seinen Regeln spielen!

Auch wenn alles in ihm sich dagegen wehrte, ging er dennoch zurück zu Dana. Er musste wissen, was genau geschehen war.

Als er sie vorsichtig am Arm berührte, zog sie ihn sofort wieder zurück und umklammerte ihre Beine noch fester. Doch er konnte jetzt sehen, was das Problem war.

Offensichtlich hatte sie ihre monatliche Blutung. Nichts weiter also. Und dass es doch ungewöhnlich viel Blut war, das musste er schon zugeben.

Da sie noch ein paar Tage durchhalten musste, sollte er ihr vielleicht beim nächsten Mal einfach ein paar neue Klamotten mitbringen.

Wie um Himmels Willen kam er denn jetzt auf diese Idee! Er war schließlich nicht hier, um sie zu umsorgen!

Gereizt und von seinen eigenen Gedanken überrascht ging er rasch zur Tür, schloss sie wieder ab und begab sich durch den engen Tunnel zum Ausgang des Verlieses.

So weit kommt es noch! Wie dämlich bist du eigentlich, schalt er sich in Gedanken. Richtiggehend wütend zog er seine dünne Jacke aus und warf sie achtlos draußen im Wald auf den Boden und lief ein paar Schritte hin und her. Wie konnte er sich so aus der Fassung bringen lassen, durch so eine Lappalie, unglaublich!

Er musste einige Dinge neu überdenken. Es durfte nichts schief gehen. Sein Plan musste genau so gelingen, wie er es wollte. Andernfalls wäre alles umsonst gewesen, Christi würde nicht gerächt werden, nicht so, wie er es sich vorgestellt hatte, nicht so, wie es Gabriel verdient hatte. Er sollte die gleichen Qualen erleiden wie er selbst, als er Christi verlor.

Vielleicht sollte er die Wartezeit verkürzen, seine Notizen für Dana schneller zu Papier bringen, nicht ständig wieder bei ihr auftauchen müssen. Er sollte ihre Geschichte einfach zu Ende schreiben und sie dann damit allein lassen...Den Rest würde die Zeit für ihn erledigen.

In Gedanken versunken, machte er sich auf den Rückweg zu seinem kleinen Appartement.

*

Diese unglaubliche Leere, die sie ausfüllte, machte Dana Angst. Die Schatten der Vergangenheit hatten sie eingeholt und sie war nicht in der Lage gewesen, sich dagegen zu wehren.

Doch jetzt, da sie es erkannt hatte, konnte sie wieder ein paar klare Gedanken fassen. Sie versuchte, ihre geschundenen Glieder zu strecken, ihre Beine zu bewegen, die sie offensichtlich für eine ganze Weile zu fest an ihren Körper gedrückt hatte. Sie strich sich die tränenfeuchten Haare aus dem Gesicht und versuchte aufzustehen. Ein stechender Schmerz durchfuhr dabei ihren Unterleib und zwang sie, sich sofort wieder zu setzen. Ein erneuter Schmerz traf Dana. Diesmal mitten ins Herz. Die Erkenntnis und das damit verbundene brennende Gefühl des Verlustes, welche sie jetzt beherrschten, hatte sie in diesem Ausmaß noch nie zuvor gespürt.

Dana rang nach Luft. Mit einem Mal war ihr der ohnehin kleine Raum viel zu eng. Sie hatte das Gefühl, dass der Sauerstoff nicht ausreichte. Verstört sah sie sich nach einem Ausgang um, obgleich sie sehr wohl wusste, dass es ihn nicht gab. Dennoch stand sie mühsam auf, wankte zur Kiste, nahm mit der einen Hand die Kerze und tastete mit der anderen an der Wand entlang. Ganz vorsichtig, um auch nicht einen Millimeter auszulassen, der ihr einen Hinweis auf einen Ausgang geben könnte.

Denn es musste eine Möglichkeit geben, hier hereinzukommen. Jemand kam zu ihr, schrieb in dieses Buch, stellte eine neue Kerze auf und etwas Wasser...

Mit all diesen Überlegungen schaffte es Danas Unterbewusstsein, sich über den Schmerz hinwegzusetzen und für einen Augenblick zu vergessen, welch tragisches Schicksal sie gerade heimgesucht hatte...

10

Es waren gute Neuigkeiten, die Gabriel von der Tierärztin erfuhr. Buddy war höchstwahrscheinlich über den Berg, es sah zumindest gut aus. Er würde noch einige Tage in der Klinik bleiben müssen, um ganz sicher zu gehen, aber die Hoffnung auf eine vollständige Gesundung war berechtigt. Mit einem kleinen Lächeln im Gesicht und dankbar für diese wunderbare Nachricht legte Gabe auf.

Doch jetzt war es Zeit, seine Eltern anzurufen.

Gabe setzte sich auf das kleine Sofa im Raum, wählte die Nummer und schaute mit leeren Augen und leerem Kopf zum Fenster hinaus.

Bereits beim zweiten Klingeln hörte er die Stimme seiner Mutter und sie klang nicht weniger vorwurfsvoll als die anderen Male, wenn er sich nicht rechtzeitig bei ihr gemeldet hatte.

„Junge! Warum meldet ihr euch nicht? Wir machen uns Sorgen!", waren ihre Worte, noch bevor Gabe sie begrüßen konnte.

Doch als er nicht gleich antwortete und stattdessen hörbar Luft einsog, beruhigte sich Anne Miller sofort und fragte schon etwas freundlicher nach, wie es den beiden in den ersten Urlaubstagen so ergangen war. Gabriel wusste nicht, was er sagen sollte. Er wusste nicht, wie er erklären sollte, was er selbst nicht verstand.

„Mum, ich muss euch etwas sagen…", begann er ruhig. Und noch bevor Anne antworten konnte, sagte Gabe: „Mum, Dana ist verschwunden."

„Gabriel, was soll das heißen? Habt ihr euch gestritten?" Annes Stimme klang plötzlich sehr hoch.

„Mum, nein. Wir haben nicht gestritten. Dana ist mit Buddy noch einmal rausgegangen am Tag unserer Ankunft und kam nicht zurück. Möglicherweise wurde sie entführt oder… ich weiß es nicht, Mum". Gabes Stimme zitterte und brach schließlich völlig zusammen, erstickt unter Tränen.

Eine ganze Weile war es still am Telefon. Als sich Gabe wieder ein wenig beruhigt hatte, vernahm er die feste Stimme seines Vaters Max.

„Gabriel, wir fahren sofort zu dir. Sag mir, wo du bist."

Gabe gab seinem Vater kurz die Adresse durch. Länger als vier Stunden sollten sie nicht brauchen. Und obwohl er zuerst widersprechen wollte, war er jetzt froh, dass seine Eltern kommen würden.

Gabriel musste kurz eingeschlafen sein. Denn er schreckte auf, als er ein energisches Klopfen an seiner Tür hörte.

Mr. Jacobs und ein Kollege standen Gabe gegenüber, als dieser etwas durcheinander die Tür öffnete.

„Wir sollten miteinander reden, Mr. Miller", sagte Mr. Jacobs ernst und drängte sich an Gabe vorbei ins Zimmer.

Ohne weitere Höflichkeitsfloskeln begann der Beamte seinen Vortrag.

„Wir mussten die Suche nach Ihrer Frau im Waldstück abbrechen. Auch im Umkreis von ca. 20 Meilen konnten die Kollegen und deren Suchhunde nichts finden, was auf ihre Frau hinweisen würde. Eine Kollegin hat indes in Erfahrung bringen können, wer diese marode Hütte im Besitz hat. Vor ungefähr einem halben Jahr wurde sie von einem gewissen Rain Tenner gekauft. Der alte Smith, dem die Hütte vorher gehört hatte, war einfach nur froh, dieses Ding loszuwerden, und hat mit diesem Tenner nicht einmal einen richtigen Kaufvertrag geschlossen, sondern sich lediglich ein paar Pfund überweisen lassen, die Papiere per Post nach London in ein angemietetes Postfach geschickt und damit war für ihn die Sache erledigt. Kennen Sie einen Rain Tenner aus London, Mr. Miller?"

Gabriel hatte dem Detective aufmerksam zugehört. Doch was ihn vielmehr interessierte, war, warum die Suche nach Dana abgebrochen worden war.

„Sie können doch jetzt nicht einfach aufhören, nach meiner Frau zu suchen? Ist das etwa Ihr Ernst? Stattdessen fragen Sie mich nach einem Tenner, der diese verwahrloste Hütte gekauft haben soll?"

Gab war wütend und lief im Raum umher.

„Beruhigen Sie sich doch wieder. Natürlich werden wir weiter nach Ihrer Frau suchen. Doch der Einsatz der Hundestaffel hat nicht das gewünschte Ergebnis gebracht. Wir vermuten, dass Ihre Frau entführt und möglicherweise an einen ganz anderen Ort gebracht wurde. Was ist nun mit dem Namen Tenner? Sagt Ihnen das etwas? Aus London, vermutlich?"

Detecvtive Jacobs ließ nicht locker und hatte auch mit Gabe kein Erbarmen. Aber schließlich war das auch sein Job.

„Ich kenne diesen Namen nicht!", erwiderte Gabriel härter als gewollt.

„Ich möchte wissen, was Sie jetzt unternehmen werden? Und vor allem, was ich tun kann, statt hier herumzusitzen und darauf zu warten, dass ein Wunder geschieht!?"

Als Mr. Jacobs bemerkte, in welchem Zustand sich Gabe befand, ging er auf ihn zu, um ihn zu beruhigen. Doch in diesem Moment ging die Tür des kleinen Appartements auf und Anne und Max Miller standen im Raum.

Noch bevor der Detective und sein Kollege reagieren konnten, hatten die beiden ihren Sohn in den Arm genommen und Gabriel sackte zusammen.

„Darling, komm zu dir." Gabe spürte die sanfte Hand seiner Mutter über seinen Kopf streichen.

Er hatte Mühe, sich aufzurichten. Plötzlich tat ihm alles weh. Die Sorgen der letzten Tage schienen ihre Spuren hinterlassen zu haben. Sein Kopf fühlte sich an, als wäre er kurz davor zu platzen. Die Arme waren so schwer, als wären sie mit Blei gefüllt, und auch die Beine schienen sich nicht ohne erhebliche Anstrengung bewegen zu wollen. Angst flammte in Gabriels Augen auf und Anne bemerkte es sofort.

„Es wird alles gut, mach dir keine Sorgen. Wir sind jetzt bei dir und helfen dir."

Und obwohl ihn die Worte seiner Mutter beruhigen sollten, machte ihm die Situation noch mehr Angst.

„Mum, Dad, ich habe das Gefühl, absolut keine Kraft mehr zu haben. Ich kann mich kaum bewegen, alles schmerzt. Ich muss doch aber Dana finden. Was soll ich nur tun?"

Diesen hilflosen Blick hatten Anne und Max das letzte Mal bei ihrem Sohn gesehen, als er bei seiner ersten Fahrt vom Rad gestürzt war. Damals konnte er es nicht glauben, dass ihn dieses unmögliche Ding abgeworfen hatte, und er schaute es über eine Woche nicht an. Doch dann überkam ihn der Ehrgeiz und er schnappte sich das Rad. Wütend und entschlossen stieg er wieder auf und obwohl er die ersten Meter sehr unsicher im Sattel saß, schaffte es Gabriel bis zum Ende des Tages, auf dem Fahrrad sitzen zu bleiben und einigermaßen sicher zu fahren.

Doch heute fehlte die Entschlossenheit. Die Millers hatten sich von Detective Jacobs erklären lassen, was passiert war, und obwohl sie es selbst noch nicht begriffen hatten, war sich zumindest Anne sicher, dass alles gut werden würde. Die Hoffnung aufzugeben, kam für sie nicht infrage. Diese Eigenschaft hatte sie an ihren Sohn vererbt. Doch ihr war auch bewusst, in welch körperlich und seelisch schwachem Zustand er sich befand.

Sie nickte ihrem Mann kurz zu und ging aus dem Zimmer. Mr. Jacobs stand noch mit einem Kollegen im Flur. Ohne Umschweife nahm Anne den Detective beiseite und erklärte ihm unmissverständlich, dass er sofort einen Arzt rufen solle. Mr. Jacobs war sofort einverstanden und obwohl er noch immer nicht viel von Gabriel Miller hielt, willigte er sofort ein. Anne Millers Art überraschte und beeindruckte ihn gleichermaßen. Das Vorgehen einer Mutter, die zum Wohl ihres Kindes zu allem entschlossen war...das hatte er schon oft erleben dürfen, auch bei seiner eigenen Mutter und es machte ihn stolz.

Es dauerte nicht länger als 30 Minuten und eine junge Ärztin untersuchte Gabriel.

Sein Zustand hatte sich kaum verändert, im Gegenteil. Jetzt lag Gabe mit geöffneten Augen, an die Decke des Zimmers starrend, ruhig und bewegungslos auf der Couch. Kurz und bündig antwortete er auf die Fragen der Ärztin und nicht nur das unterstrich seine geistige Abwesenheit.

Nach einigen Untersuchungen wandte sich die Ärztin an Gabes Eltern.

„Mr. Miller befindet sich in einem kritischen Zustand. Körperlich ist ihr Sohn gesund, doch seine Psyche macht mir im Moment etwas Sorge. Er hat einen Schwächeanfall erlitten und braucht dringend Ruhe. Aber das Wichtigste ist, er benötigt positive Eindrücke, die ihn von der momentanen Situation vollkommen ablenken. Meinen Sie, Sie schaffen es, Ihrem Sohn zu helfen? Zusätzlich werde ich Ihnen ein Medikament aufschreiben, welches seine Stimmung etwas aufhellt und so dazu beiträgt, dass er schneller wieder auf die Beine kommt."

Anne und Max waren sofort einverstanden und bedankten sich bei der Ärztin für ihre schnelle Hilfe.

Am späten Nachmittag wurde das Medikament geliefert. Anne war sich nicht sicher, ob Gabe es einnehmen würde, denn er hatte einige Probleme damit, selbst etwas einzunehmen und sei es nur ein Medikament gegen Grippe. Zu lange schon arbeitete er in der Pharmaindustrie und dort in der Entwicklung und Herstellung verschiedener Arzneimittel, als dass er nicht sämtliche Nebenwirkungen zu gut kannte. Wenn sich Anne recht erinnerte, hatte es genau aus diesem Grund vor einiger Zeit ein großes Problem gegeben, an dem auch Dana in der Marketingabteilung beteiligt gewesen war.

Gabriel hatte den gesamten Nachmittag geschlafen. Es hatte ihm gut getan, denn als er aufwachte, schien es ihm ein wenig besser zu gehen.

Er fühlte sich vor allem deshalb wohler, weil er nicht mehr alleine war und auch wenn er seine Eltern am Anfang nicht bei sich haben wollte, war er jetzt sehr dankbar dafür.

„Wie geht es dir, mein Junge?" Anne wusste, dass diese Frage nicht wirklich angebracht war, dennoch versuchte sie dem Rat der Ärztin zu folgen und ihrem Sohn und natürlich auch sich selbst die angespannte Situation etwas erträglicher zu machen.

„Ich habe uns etwas zu essen kommen lassen, was meinst du?"

Tatsächlich hatte Gabe viel zu lange nichts mehr gegessen. Es war für ihn einfach in Vergessenheit geraten nach all dem, was passiert war.

Er hatte nicht wirklich Appetit, doch er wusste, dass er bei Kräften bleiben musste, um seine Frau finden zu können.

„Ich sollte etwas essen, Mum, du hast Recht und dann werden wir uns auf die Suche nach Dana machen. Helft ihr mir dabei? Ich traue der Polizei nicht. Es dauert einfach schon zu lange und bisher haben sie nichts erreicht und sie verdächtigen stattdessen mich, etwas mit der Sache zu tun zu haben. Zumindest werde ich das Gefühl nicht los, dass sie etwas Wichtiges übersehen. Dana kann doch nicht einfach wie vom Erdboden verschwunden sein. Und ein möglicher Erpresser hat sich auch nicht gemeldet. Ich muss etwas tun, sonst werde ich verrückt!"

Die Millers verstanden ihren Sohn nur zu gut.

Nach dem Essen entschlossen sie sich, nach Rücksprache und in Begleitung eines Beamten, Buddy in der Tierklinik zu besuchen.

11

Es gab einfach keinen Ausweg! So sehr sich Dana auch bemühte, sie fand keinen Ausgang aus dieser erbärmlichen Gruft. Es musste doch möglich sein zu überprüfen, woher die Luftzufuhr kam, denn trotz der Enge des Raumes war es in dieser Höhle nicht allzu stickig.

Jetzt erst bemerkte Dana das Buch auf der Kiste, im Schein einer neuen Kerze, Wasser in einer größeren, zerbeulten Flasche aus Plastik und eine kleine Tüte.

Als sie sich schnelleren Schrittes auf die Kiste zubewegte, bemerkte sie erneut einen stechenden Schmerz im Unterleib und die verdrängte Erinnerung an das Geschehene kam mit aller Macht zurück.

Ihre Kleidung war blutdurchdrängt. Dana versuchte verzweifelt, das Blut loszuwerden, indem sie immer wieder mit der alten Decke vom Boden an ihrer Kleidung wischte. Sie musste ungeschehen machen, was passiert war. Es durfte nicht sein, dass alles verloren war, noch bevor es begonnen hatte…

Dana brach weinend zusammen. Einen solchen Schmerz hatte sie noch nie empfunden. Nicht nur ihr Körper tat ihr weh, auch ihre Seele brannte. Bisher hatte sie sich nicht mit dem Gedanken anfreunden können, war verwirrt, geschockt und hatte Angst, große Angst vor der Zukunft. Doch jetzt, jetzt realisierte Dana, dass sie genau das wollte, dass sie es sich genauso sehr gewünscht hatte wie Gabe...dieses Kind.

Ihre Hände umfassten fest ihren Bauch. Tränen liefen unkontrolliert über ihre Wangen, sie konnte und wollte sie nicht aufhalten. Wozu auch? Es war alles verloren und nach und nach wurde ihr bewusst, dass es sich bei dem Verlust nicht ausschließlich um das neue Leben in ihrem Körper handelte, sondern auch um ihr eigenes...

Wie und warum Dana schließlich aufstand und das Buch erneut in die Hand nahm, konnte sie nicht mehr nachvollziehen. Die altbekannte Lethargie hatte sie wieder vereinnahmt, um sie zu schützen, wie früher...

Christi freut sich wirklich, mich zu sehen. Sie steht an der Straße vor ihrem Haus und winkt uns fröhlich zu.

Im Auto haben wir so viel Spaß miteinander, dass Mummy uns sogar ermahnen muss, leiser zu sein, da sie sich sonst nicht auf den Straßenverkehr konzentrieren könne.

Aber ich sehe, dass sie sich freut. Sie freut sich für mich, dass ich auch wieder lachen kann. Das habe

ich alles Christi zu verdanken und ich möchte ihr das auch irgendwann sagen. Ich habe ihr ein Bild gemalt, auf dem wir beide abgebildet sind. Wir spielen zusammen auf einer großen Wiese. An einem Baum hängt eine Schaukel und Christi sitzt darauf. Es gefällt mir und ich schenke es ihr nachher. Sie soll wissen, dass ich sie gerne als Freundin habe, ich mag sie sehr.

Wir sind am See. Es ist außer uns noch eine Familie mit einem Jungen da. Er ist ungefähr so alt wie Christi und ich. Ich weiß nicht genau, aber es kann sein, dass er Christi mag. Er kommt ständig zu uns herüber, wenn wir spielen, und schaut sie immer so komisch an. Aber das ist ja nicht schlimm. Er kann gerne mit uns spielen. Peter heißt er. Wir drei bauen jeder ein kleines Boot und lassen es dann im Wasser schwimmen. Mein Boot ist das schnellste und ich freue mich riesig darüber.

Christi und Peter interessiert das aber gar nicht. Sie haben schon wieder ein anderes Boot gebaut, zusammen, und es ist viel größer als meins.

Ich bin ein bisschen sauer, aber dann nicht mehr, weil ich auch mit dem Boot spielen darf.

Aber irgendwie finde ich es nicht schön, dass Christi jetzt die ganze Zeit mit Peter spielt. Sie ist schließlich meine Freundin und nicht seine.

Nur meine Freundin. Es soll sie niemand anderes haben. Ich habe ja sonst niemanden, nur Christi. Die anderen Kinder, die mich aus der Schule kennen, mögen mich nicht. Christi sagte mir einmal, dass es daran liegt, weil ich so komisch wäre und immer wieder krank wegen Daddy.

Ich habe ihn jetzt schon so lange nicht mehr gesehen und langsam ist es so, dass ich nur noch selten an ihn denke. Aber wenn das so ist, geht es mir nicht gut. Es stimmt, dann bin ich meistens auch ein paar Tage nicht in der Schule. Ich fühle an solchen Tagen nichts mehr, gar nichts. Mummy kann mir dann auch nicht wirklich helfen. Oft sitzen wir an solchen Tagen einfach nur zusammen auf der Couch und halten uns im Arm. Das geht nicht immer, weil Mummy ja auch arbeiten muss. Wir haben sonst nicht genug zum Essen und können unsere Wohnung nicht mehr bezahlen. Das möchte ich natürlich nicht und verstehe dann auch, dass ich allein bleiben muss. Oft kommt an solchen Tagen Christi zu Besuch. Meist schafft sie es, mich irgendwie aufzumuntern. Wir spielen dann mit der Puppe, die sie mir zu meinem Geburtstag geschenkt hat, als Daddy uns für immer verlassen hatte.

Dana legte das Buch beiseite und starrte es an.

Ihr Verstand versuchte zu erklären, was hier vor sich ging. In diesem seltsamen Buch stand ihre eigene Geschichte, ihre Kindheit, an die sie sich ungern erinnerte. Wer, um Himmels Willen, kannte sie so gut, um ihre Gedanken so formulieren zu können?

Als hätte sie sie selbst als Kind aufgeschrieben...

Außer ihrer Mutter kannte sie sonst niemand so gut. Niemand sonst, außer Christi.

Dana dachte daran zurück, wann sie Christi das letzte Mal gesehen hatte. Es musste in der letzten Schulklasse gewesen sein. Soweit Dana noch wusste, lernte Christi damals einen jungen Mann kennen und verliebte sich unsterblich in ihn. Sie erklärte Dana damals, keine Zeit mehr mit ihr verbringen zu können, nicht einmal mehr mit ihr studieren zu können.

Die verdrängte Vergangenheit kam zurück.

Auch nach so langer Zeit kam wieder die Eifersucht in Dana hoch. Das Gefühl, Christi verloren zu haben, ihre einzige Freundin über all die Jahre, und sie erinnerte sich auch noch daran, wie sehr sie überreagiert hatte und Christi gesagt hatte, sie wolle sie nie wieder sehen. Leider sah sie sie auch nie wieder, denn nach der Schule begann das Studium und sie gingen getrennte Wege.

Viele Jahre schleppte Dana noch immer das schlechte Gewissen mit sich herum, Christi so wehgetan zu haben. Sie wurde das Gefühl nicht los, sie im Stich gelassen zu haben, obwohl sie während ihrer Kindheit und Jugend so unzertrennlich gewesen waren. Oft hatte Dana darüber nachgedacht, Christi einfach zu suchen, sich mit ihr auszusprechen und sich bei ihr zu entschuldigen. Doch es kam alles anders. Nachdem Danas Mutter endlich einen neuen Partner gefunden hatte und sie sich selbst während des Studiums mit neuen Freunden immer wohler fühlte, hatte sie Christi irgendwann ein wenig aus ihren Gedanken verloren. Nie ganz, das musste sie zugeben, denn als sie Gabriel kennengelernt hatte, konnte sie Christi mit einem Mal sehr gut verstehen.

Der plötzliche und unerwartete Tod ihrer Mutter, nur wenige Monate nach der Hochzeit mit Gabriel, brachte Dana damals erneut an den Rand der Verzweiflung. Ohne Gabriel hätte sie die schwere Zeit nie überstanden. Sie hatte sich in die Arbeit gestürzt, sich mit Gabe ein wundervolles Leben aufgebaut und dabei Christi fast vollkommen vergessen.

Bis jetzt!

In den letzten grauenvollen Stunden war Christi präsenter denn je. Nicht zuletzt durch dieses merkwürdige Buch, welches sie zu lesen gezwungen war. Dana konnte es sich nicht realistisch erklären und vorstellen, aber sie hatte das Gefühl, Opfer einer grausamen Racheaktion zu sein.

Rache an ihr, weil sie Christi einfach aus ihrem Leben verbannt hatte, obwohl sie in ihrer gesamten Kindheit für Dana da gewesen war. Und auch wenn es wirklich unvorstellbar war, ging Dana der Gedanke nicht aus dem Kopf, dass es Christi war, die nach all den Jahren sie gefunden hatte!

Niemand anders könnte diese Zeilen, die Dana las, so detailgetreu aufschreiben, niemand außer Christi kannte ihre Gedanken so gut, ihre Gefühle und konnte ihr Verhalten so gut einschätzen wie sie. Niemand, außer ihrer Mutter, war Dana jemals so nah gewesen und vor allem war außer Christi nie jemand anderes in ihrer Kindheit und Jugend bei ihr.

Es musste also Christi sein, die dieses Buch schrieb. Dana setzte sich auf dem kalten Boden zurecht. Sie fror und zog die Beine fest an sich.

Ihre Gedanken gingen wirr durcheinander. Erinnerungsfetzen aus der Vergangenheit prallten aufeinander, sie sah ihren Vater. Sie sah Christi und ihre Mutter, als sie in einem Freizeitpark waren, sie sah sich mit Christi am Küchentisch sitzen und sie sah für einen kurzen Augenblick noch einmal die Situation, als sie ihre Freundin das letzte Mal gesehen hatte: Christis liebevolle Augen, die trotz allem Unverständnis von Dana so viel Güte ausstrahlten, so viel Verständnis und doch Entschlossenheit, den eigenen Weg gehen zu wollen. Christis Lippen formten die Worte, die sie für immer trennen sollten: Dana, ich weiß, du schaffst es auch ohne mich, und ich weiß, du wirst mich irgendwann verstehen. Ich liebe diesen Mann, so wie auch du irgendwann lieben wirst.

Noch immer hallten Christis Worte in Danas Gedanken nach, das Bild dieser bewundernswerten jungen Frau, als sie noch einmal auf Dana zuging, um sie in den Arm zu nehmen...ihr enttäuschtes, aber dennoch liebes Lächeln, als Dana die Umarmung ablehnte, das letzte Winken, als sie aus der Tür ging.

Tränen liefen heiß über Danas Wangen, es zerriss ihr das Herz, nicht nur wegen ihrer damaligen Unfähigkeit, sondern vielmehr wegen der Ohnmacht und Klarheit, ihr Leben nicht mehr selbst in der Hand zu haben...

Stoisch nahm sie das Buch wieder in die Hand. Es war zu ihrem Schicksal geworden...sie musste es lesen, sie hatte keine andere Wahl.

12

Es war grausam, Buddy so zu sehen. Gabe bekam kaum noch Luft, als er seinen Hund, an Schläuchen und Geräten angeschlossen, auf dem Tisch liegen sah. Seine treuen Augen waren geschlossen, sein sonst so majestätischer Körper sah geschunden und fast zierlich aus. Nichts an Buddys Anblick erinnerte an den wundervollen Hund, der er einmal gewesen war.

Sein Kopf hing an seinem Körper, als wäre er nicht mehr lebendig. Selbst seine großen Pfoten standen so unwirklich von seinen Beinen ab, dass man vermuten musste, sie gehörten nicht mehr zu ihm.

Als sich Gabe auf einen Stuhl gesetzt hatte, um die Situation etwas verarbeiten zu können, spürte er plötzlich eine Hand auf seiner Schulter.

Als er sich erschrocken umdrehte, sah er in die gutmütigen Augen der Tierärztin, die sich seit dem alptraumähnlichen Ereignis um Buddy kümmerte.

„Mr. Miller, es sieht vielleicht schlimmer aus, als es ist, aber ich kann Ihnen versichern, Buddy ist ein echter Kämpfer. Ich selbst hätte nie vermutet, dass er überlebt, aber ich kann Ihnen mittlerweile versprechen, er wird es schaffen."

Diese Worte lösten in diesem Moment in Gabriel so viel Hoffnung, so viel Mut und Ehrgeiz aus, dass er sich mit einem Mal sicher war, dass alles wieder gut werden würde.

Er stand auf und nahm die Ärztin in den Arm.

„Ich danke Ihnen, so sehr. Und ich weiß, wenn Buddy es schafft, werde ich auch meine Frau wiederfinden."

Verblüfft schaute ihn die Tierärztin an. Aber als sie in Gabes Augen sah, war sie sich sicher, dass er Recht behalten musste.

„Ich werde Sie unterstützen, soweit es mir möglich ist. Darauf können Sie sich verlassen."

„Das ist mehr, als ich von Ihnen verlangen kann, aber ich danke Ihnen."

Gabe lächelte seit mehreren Tagen zum ersten Mal wieder. Die Zeit der Trauer und der Akzeptanz dieser absurden Situation wich einer neuen Zuversicht, dem Vertrauen darauf, dass es einfach noch nicht vorbei sein konnte. Von jetzt an würde er sich selbst auf die Suche nach Dana machen, ob mithilfe der Polizei oder ohne!

Auf keinen Fall würde er länger zuschauen und abwarten, bis die Polizei vielleicht etwas herausgefunden hatte!

Entschlossener denn je und ohne die bisherige Trägheit und Ohnmacht wandte er sich an seine Eltern.

„Ich weiß, ich kann immer auf euch zählen. Lasst uns Dana finden! Wenn es Buddy schafft zu überleben, schaffen wir es auch!"

Gabriels Mutter sah ihren Sohn erstaunt an. Fast so, als hätte sie ein wenig Zweifel. Nicht unbedingt an seinem Vorhaben, doch aber an seiner Zurechnungsfähigkeit. Anne befürchtete einfach, dass Gabe nicht mehr mit der Situation klarkam und realitätsfremd werden könnte. Doch als ihr Mann liebevoll auf Gabe zuging, ihn in die Arme nahm, wie sie es seit Gabriels Kindheit nicht mehr gesehen hatte, begann sie zu weinen und lief zu ihren Männern hinüber. Ein unglaubliches Glücksgefühl erfasste sie, sie alle, denn sie waren sich sicherer denn je, dass sie gemeinsam herausfinden würden, was geschehen war.

In Begleitung zweier Polizisten trafen Gabe und seine Eltern in der kleinen Pension ein, in der es inzwischen vor Polizisten nur so wimmelte.

„Mr. Miller, ich muss mit Ihnen reden!"

Detective Jacobs stand unvermittelt vor Gabriel.

„Setzen wir uns", meinte der Detective bestimmt, doch seine Stimme klang nicht mehr so anklagend wie noch am Tag zuvor.

„Unsere Kollegen haben den Käufer der Hütte im Wald überprüft, Sie erinnern sich?" Gabe musste kurz nachdenken, aber dann fiel es ihm wieder ein.

„Sie meinen, diesen Tenner, nach dessen Namen Sie mich fragten?"

Jacobs nickte.

„Rain Tenner. Seine Adresse wurde von den Kollegen in London geprüft. Es gab außer ein paar E-Mails über den Kauf der Hütte und einer Überweisung an den alten Smith nichts, was uns weitergebracht hat. Wir wissen lediglich, dass der ominöse Verkauf bereits vor drei Monaten vonstattengegangen sein soll. Eine Registrierung im Grundbuchamt gab es nicht, womit der Besitzer nicht eindeutig festzustellen ist."

Jacobs endete und Gabriel sah ihn fragend an.

„Haben Sie denn nicht diesen Tenner befragt?"

„Das hatten wir vor, natürlich."

Jacobs Gesichtsausdruck war nicht zu deuten. Auch wenn es etwas überheblich und vermutlich unangebracht war, ließ sich Gabe zu der Frage hinreißen: „Und? Warum haben Sie es nicht getan?"

„Er ist tot!"

„Tenner wurde tot in seiner Wohnung aufgefunden. Die Leiche war bereits verwest. Nach ersten

Untersuchungen wurde Tenner bereits vor einigen Wochen umgebracht."

„Umgebracht?"

Gabriel traute seinen Ohren nicht.

Hilfesuchend sah er sich zu seinen Eltern um, die das Gespräch gehört hatten.

„Vermutlich. Die Obduktion steht allerdings noch aus.

Gabriel vergrub das Gesicht in seinen Händen.

Es konnte doch gar nicht mehr schlimmer kommen.

„Kannten Sie diesen Rain Tenner, Mr. Miller, und was taten Sie in den letzten Wochen vor Ihrer Abreise?"

Die Frage des Detectives hallte in Gabriels Kopf wider, fast so, als würde seine Stimme erst leiser und dann wieder lauter werden.

Er hatte Mühe, seine Gefühle unter Kontrolle zu bekommen, denn er befürchtete, dass die aufsteigende Wut in ihm dem Verhältnis zur Polizei nicht dienlich, sondern eher schädlich sein könnte.

Als er aufschaute, sah er das entsetzte Gesicht seiner Mutter. Es war nicht zu deuten, warum sie so schaute. Wegen der absurden Frage des Detectives oder unberechtigter Zweifel an dem möglichen Verhalten ihres Sohnes.

Gabriel stand langsam auf und sah Jacobs dabei direkt in die Augen.

„Ich kenne diesen Mann nicht, wie ich es Ihnen bereits gesagt habe. Und in den letzten Wochen vor unserer Abreise haben meine Frau und ich fast rund um die Uhr gearbeitet und uns auf diesen ersten Urlaub seit Jahren vorbereitet. Sie können gerne mein Alibi überprüfen, was die Firma angeht. Meine Sekretärin und meine Kollegen können Ihnen das bestätigen. Doch was die Zeit nach der Arbeit angeht, gibt es momentan wohl niemanden, den Sie befragen könnten. Diese Zeit verbrachte ich ausschließlich mit meiner Frau und unserem Hund. Und meine Frau ist, wie Sie wissen, verschwunden! Und es ist Ihre verdammte Pflicht, sie endlich zu finden!"

Gabriel klang bestimmt, jedoch nicht provozierend oder wütend.

*

Wenige Wochen zuvor...

Sein Kopf drohte auseinanderzuplatzen. Er sollte wirklich nicht mehr so viel trinken. Seit seiner letzten Entziehungskur hatte er zwar seiner Psychologin versprochen, nicht wieder rückfällig zu werden, aber nachdem sie die Beziehung zu ihm beendet hatte, gab es für Rain kein Ziel mehr.

Jetzt nannte er sie wieder „seine Psychologin". Noch vor einigen Wochen hatte er sie liebevoll Sally genannt, seine Sally. Vielleicht hatte er sich auch alles nur eingebildet, aber aus seiner Sicht hatten er und Sally eine Beziehung, seit er beim Entzug war. Sie hatten sich mehrmals getroffen, außerhalb der üblichen Gesprächstermine. Sie waren essen gegangen und hatten eine wunderschöne Zeit miteinander verlebt. Wie gesagt, wohl nur aus seiner Sicht.

Aber Rain wollte mehr. Er wollte sein Leben endlich in den Griff bekommen. Er wollte sich für Sally ändern und mit ihr zusammen neu anfangen.

Durch lange Suche und Recherche hatte er eine kleine Hütte in Südengland gefunden. Es war zwar einigermaßen schwierig, sich mit diesem alten Smith zu einigen, dem diese zerfallene Hütte noch gehörte, doch am Ende war es einfacher als gedacht. Ohne große Verträge wurde der Kauf vollzogen und er hatte wirklich einen lächerlich geringen Betrag überwiesen.

Bisher hatte Rain es noch nicht einmal geschafft, sich seine neu erworbene Immobilie selbst anzuschauen. Aber das war ja auch nicht mehr notwendig.

Er konnte sich einfach noch zu genau daran erinnern, wie das letzte Gespräch mit Sally gelaufen war.

Sie waren in diese neue Bar gegangen. Sally hatte sich entgegen ihres sonstigen Verhaltens sehr für das „gemeinsame Ferienhaus" interessiert. Das hatte Rain sehr gefallen, denn er konnte ihr an diesem Abend all seine Wünsche und Vorstellungen erklären. Wie er die Hütte umbauen und zu einem Liebesnest für sie beide machen würde, zum Beispiel. In sämtlichen schillernden Details erzählte er von seinem Vorhaben, wobei seine Vorstellungen nur von den Schilderungen des alten Smith stammten.

Doch was Rain wusste, reichte ihm vollkommen aus. Das Haus lag versteckt in einem Waldstück. Die nächsten Häuser befanden sich etwas abgelegen und es handelte sich meist um Ferienhäuser, die nicht das ganze Jahr über bewohnt waren. Nicht weit entfernt war die Steilküste. Romantik pur, dachte Rain auch noch heute, wenn er an das Gespräch und seine Träume dachte.

Sally sah ihn verträumt an und hörte ihm aufmerksam zu. Ab und an fragte sie noch einmal nach, wo genau sich das Grundstück befand und wie man dorthin kam. Sie hatte wohl wissen wollen, wie lange es dauern würde, um dort zu sein.

Nichts hätte an diesem Abend schöner sein können. Rain war sich so sicher, endlich wieder Fuß gefasst zu haben. Mit Sally an seiner Seite. Nicht ein einziges Mal, seit er mit ihr zusammen war, hatte er daran gedacht, etwas trinken zu wollen.

Bis der Abend abrupt endete...

Rain hatte gehofft, dass Sally noch mit nach Hause kommen würde, um den Abend ausklingen zu lassen.

Er hatte seine Wohnung in Ordnung gebracht, geputzt und sogar Kerzen aufgestellt.

Doch als er ihr einen Kuss geben wollte, der ihr mehr versprechen sollte, stieß sie ihn plötzlich weg. Rain sah sie verwirrt an. Die Worte, die nun folgten, würde Rain nie vergessen.

„Ich kann nicht länger mit dir zusammen sein. Es war von Anfang an ein Fehler, sich auf einen Patienten einzulassen. Es tut mir sehr Leid."

Sally drehte sich ohne ein weiteres Wort um und ging.

Rain stand einfach da. Mit einem Mal war nichts mehr wie zuvor.

Wie lange er Sally nachgeschaut hatte, konnte er nicht mehr sagen, er wusste nur noch, dass ihn der Barkeeper ansprach, als er seine Bar zuschloss.

„Warum stehen Sie noch immer hier draußen, Sir? Sie sind doch bereits vor einigen Stunden gegangen?"

Rain musste tatsächlich so lange hiergestanden und in die Nacht gestarrt haben. Er konnte sich nicht erinnern, was er gedacht oder gemacht hatte, nur daran, was Sally gesagt hatte.

Mit nur einem Satz dieser Frau, die er zu lieben glaubte, fiel sein Traum von einem neuen Leben in sich zusammen.

Am späten Nachmittag des nächsten Tages war Rain in seiner Wohnung aufgewacht.

Vorsichtig versuchte er, seine Augen zu öffnen. Und was er sah, passte zu den bruchstückhaften Erinnerungen aus seinem Traum. Die Wohnung war verwüstet. Mehrere Flaschen lagen verteilt auf dem Boden und eine hielt Rain noch in der Hand. Sie war leer, vermutlich war ein Teil ihres Inhaltes auf seiner Couch verteilt, denn er fühlte die Feuchtigkeit, als er langsam versuchte, sich aufzusetzen.

Ihm wurde bewusst, dass er nicht geträumt hatte, nicht davon, dass ihn Sally verlassen hatte, nicht, dass er sich in der Nacht auf dem Heimweg mit Alkohol eingedeckt hatte, der eigentlich für eine ganze Feier gereicht hätte, nicht, dass er seine gemütlich hergerichtete Wohnung verwüstet hatte und auch nicht, dass er den Alkohol wirklich getrunken hatte.

Er legte seinen Kopf in beide Hände und begann zu weinen. Irgendwann begann er zu schreien. Die Schreie wurden immer wieder von seinem Schluchzen unterbrochen, bis er schließlich völlig erschöpft wieder eingeschlafen war.

Er war am Ende und diesmal sah er keinen Ausweg mehr, keinen Sinn darin, sein Leben noch einmal umzukrempeln, warum auch.

Vor drei Jahren noch hatte er einen gut bezahlten Job gehabt, eine Frau, die er abgöttisch liebte und mit der er eine Familie haben wollte.

Aber dieses Glück war ihm nicht vergönnt gewesen.

Der Fahrer des Lastkraftwagens konnte sein Fahrzeug nicht mehr stoppen und fuhr ungebremst seitlich auf den Wagen seiner Frau.

Sie war sofort tot.

Er hatte nach langem Kampf noch einmal von vorne begonnen, eine Therapie gemacht und Sally kennengelernt und Hoffnung geschöpft.

Vergebens.

In den folgenden Tagen vegetierte Rain mehr oder weniger nur vor sich hin.

Einmal stand er sogar vor Sallys Praxis. Er beobachtete stundenlang, wer bei ihr ein und aus ging. Am Ende sah er sie. Zusammen mit einem Mann, mit dem sie sehr vertraut schien. Rain erkannte ihn nicht. Nicht einmal beschreiben hätte er ihn können…er hatte getrunken, natürlich.

Es war vorbei, das gestand er sich resigniert ein. Sicher, was wollte eine Frau wie Sally auch mit einem abgefuckten Alkoholiker wie ihm.

Umso besser war es, dass er heut einen Termin mit einem potentiellen Käufer seiner Hütte in Südengland hatte. Was sollte er noch damit? Vielleicht konnte er sie mit etwas Gewinn weiterverkaufen. Wenn nicht, war es auch egal.

Als er sich einen kleinen Tablettencocktail zum Bekämpfen seiner Kopfschmerzen bereitet hatte, klingelte es an der Tür.

Irritiert schaute er auf die Uhr. Rain erinnerte sich daran, dass er heute noch einen Termin hatte, einen sehr wichtigen. Er hatte die Hütte in Südengland vor wenigen Tagen inseriert. Dass sich so schnell jemand meldete, hatte er nicht gedacht, aber dankend angenommen.

Der Nebel in seinem Kopf war stärker, als er zunächst gedacht hatte. Er hatte wirklich Mühe, klar zu denken, aber wenn er sich recht erinnerte, sollte dieser Mr. Plant erst in knapp einer Stunde auftauchen.

Unwichtig. Er schien zu früh da zu sein und Rain musste wohl oder übel versuchen, den Deal so gut wie möglich über die Bühne zu bekommen. Sehr viele Chancen würden sich nicht mehr ergeben.

Er stolperte, als er zur Wohnungstür ging, und fluchte, dass er nicht wenigstens in diesem Moment einmal Herr seiner Sinne war. Wieder wurde ihm klar, dass er im Alkohol keinen Freund, sondern seinen ärgsten Feind gefunden hatte.

Als er die Tür schließlich öffnete, erschrak Rain.

Vor ihm stand kein Mann, der mit ihm über den Kauf einer alten Hütte verhandeln wollte, sondern Sally! Rain rieb sich die Augen, sah ein zweites Mal mit verschwommenem Blick auf und realisierte, dass es wirklich Sally war, die vor ihm stand.

Er versuchte, trotz seines Schocks witzig zu klingen, und begrüßte sie förmlich.

„Miss Steward, Sie hier? Was verschafft mir die Ehre?"

Seine Worte klangen wie ein Kauderwelsch aus Wortfetzen und extrem hohen Tönen. Sein Aussehen tat ein Übriges, von dem Alkoholgeruch ganz zu schweigen.

Angewidert drehte sich Sally sofort weg. Sie hätte wissen müssen, dass sich Rain sofort wieder in sein altes Leben flüchten würde, und doch war sie hier, weil ihr Gewissen sie plagte. Bisher hatte sie ihre Position als Psychologin nie ausgenutzt, nicht, indem sie sich auf einen Patienten eingelassen hatte. Doch bei Rain war es zu Beginn anders gewesen. Sally hatte gedacht, er würde es schaffen, sie hatte ihn wirklich gern und hätte sich vielleicht auch vorstellen können, eine echte Beziehung mit ihm einzugehen. Bis sie Simon kennenlernte…ebenfalls einen Patienten…

13

Dana hatte nicht bemerkt, dass die Kerze fast ausgegangen war. Und obwohl sie sich von den letzten Zeilen im Buch nicht trennen wollte, musste sie es tun.

Es ging darum, wie sie damals Christi vorgeworfen hatte, nicht nur ihre Freundin zu sein, sondern auch beispielsweise am See mit diesem Peter gespielt zu haben. Es stimmte, dass Dana sehr eifersüchtig gewesen war, und es stimmte auch, dass sie ihre Eifersucht Christi spüren ließ. Sie schämte sich heute sehr für ihr Verhalten. Es tat richtig weh, so ein undankbares Kind gewesen zu sein, auch wenn sie sicher ihre Gründe gehabt hatte...

Wenn die Kerze erloschen war, würde sie wieder diese erdrückende Dunkelheit umschließen. Die Kälte, die in ihre müden Knochen kroch und ihr vorhersagte, dass ihr Körper nicht mehr lange durchhalten würde. Dana ahnte, dass sie keine Chance mehr hatte, lebend aus diesem Martyrium zu entfliehen. Und sie wollte es auch nicht, wenn sie es sich eingestand...was sollte es noch geben? Wenn sie ihren Gabriel je wiedersehen würde, in ihrem Zustand und mit dem Geständnis, dass sich sein und auch ihr Traum von einem gemeinsamen Kind nicht erfüllen würde... die Schuldgefühle übermannten

Dana mit einem Mal so heftig, dass sie weinend zu Boden sank. Sie vergaß, dass sie noch einmal von dem harten Stück Brot beißen wollte, noch einen Schluck Wasser trinken wollte, noch vor wenigen Minuten trotz der Aussichtslosigkeit weiterleben wollte, um zu erfahren, warum sie hier war, wer ihr schrieb, was sie getan hatte, wer ihr das angetan hatte...bis die Kerze endgültig erlosch.

Sie nahm die Dunkelheit um sich herum nicht mehr wahr. Ihre Gedanken gingen in wirre Träume über. Langsam spürte sie, wie die Kräfte ihren Körper verließen und sie abrutschte, in eine Ohnmacht, der sie nicht mehr entkommen konnte...

Sie sah Christi vor sich, mit ihren wunderschönen, liebevollen Gesichtszügen. Sie streckte ihr die Hände entgegen, redete mit ihr, doch ihre Worte verhallten in einem hellen Nebel, der mit schwachen Lichtstrahlen durchzogen war. Sie versuchte Dana mit sich zu nehmen und sie folgte ihr...an den See, an dem sie als Kinder oft zusammen gespielt hatten...in das Waldstück, in dem sie sich oft versteckt hatten, um ihre Mütter zu ärgern. Jetzt sah Dana ihr Zimmer in ihrem alten Elternhaus, welches es längst nicht mehr gab, und sie sah darin zwei Mädchen sitzen, die mit einer Puppe spielten...Christis Geschenk an Dana. Sie plapperten, tranken Tee aus kleinen Tässchen, die für Puppen bestimmt waren, lachten und herzten sich und weinten miteinander...Christi erschien wieder vor dem inneren Auge Danas, in dem Kleid, in dem sie sie das letzte Mal gesehen hatte, vor ihrem Haus, vor dem sie sich verabschiedet hatten...und Christi wurde immer kleiner, sie war kaum noch zu sehen. Ihre Konturen wurden schwächer und noch bevor sie ganz verblasste, hob sie noch einmal die Hand, zum Abschied...

Dana schoss in die Höhe. Sie war plötzlich hellwach. Wie lange sie geschlafen hatte, wusste sie nicht. Auch nicht, ob es Tag oder Nacht war. Ihr noch vor wenigen Stunden abgekämpfter Körper war plötzlich in Aufruhr. Ihr Herz schlug schnell, so schnell, dass Dana befürchtete, es würde ihr aus der Brust springen, wenn sie nicht versuchen würde, sich zu beruhigen.

Was war das gerade für ein Traum gewesen? War es ein Traum oder versuchte Danas Verstand, ihr ein Schnippchen zu schlagen?

Was war mit Christi passiert? Warum verblasste sie schließlich völlig?

Dana versuchte einen klaren Gedanken zu fassen. Nie hatte sie Christi wiedergesehen. Sie wusste auch nicht, was aus ihr geworden war, wo sie lebte, ob sie noch mit ihrem damaligen Freund zusammen war oder wo sie arbeitete. Ob es ihr gut ging?

Dana wurde mit ihrer Vergangenheit konfrontiert und immer mehr mit ihrem schlechten Gewissen gegenüber ihrer ehemals besten und einzigen Freundin. Der

Gedanke manifestierte sich in ihrem Unterbewusstsein. Hatte sie Christi wirklich so verletzt, dass sie nach so vielen Jahren zu solch einer Rache fähig war? Dana konnte es sich nicht vorstellen, doch der Gedanke ließ ihr keine Ruhe.

Ein plötzliches Geräusch ließ sie aufhorchen. Etwas knarrte...es konnte eine Tür sein oder eine Art Verschlag. Es war jemand hier, es musste jemand hier sein. Langsam tastete sie sich in die Richtung vor, aus der das Geräusch kam. Tatsächlich kam es näher und abwartend, kaum atmend setzte sich Dana in eine Ecke...doch sofort sprang sie angewidert auf.

Sie hatte sich ausgerechnet an die Stelle ihres Gefängnisses gesetzt, an der sie ihre Notdurft verrichtet hatte. Ekel durchfuhr ihren gesamten Körper. Schon seit geraumer Zeit fühlte sie sich nicht nur wegen des Schmutzes und ihres eigenen Gestanks angeekelt, langsam begannen ihre dreckigen Kleider auf ihrer Haut zu jucken, das ungewaschene Haar hing ihr in fettigen Strähnen ins Gesicht und Dana hätte sich gerne mit dem wenigen Wasser, welches sie zum Trinken bekam, das Blut und all den Schmutz abgewaschen...doch noch sagte sie sich, dass dies keine gute Idee gewesen wäre. Doch jetzt auch noch mit den eigenen Exkrementen beschmiert zu sein, ging ihr über den Verstand. Sie schrie auf, jedoch ohne einen Laut von sich zu geben. Erst das erneute Knarren ließ sie aus ihrem Zustand aufschrecken. Ein kleines

Stück entfernt von der „Toilette" kauerte sie sich wieder hin und versuchte, das Geräusch zu deuten.

Nicht ahnend, dass hinter ihr lautlos eine versteckte Klappe geöffnet wurde, starrte sie wartend in die Dunkelheit...

*

Das konnte doch nicht wahr sein! Saß diese Schlampe doch einfach da und starrte die Wand an! Glücklicherweise hatte er den Taser diesmal nicht vergessen und so konnte er sie sofort außer Gefecht setzen, noch bevor sie ihn richtig sehen konnte. Durch den schwachen Schein der Taschenlampe hatte sie sich kurz zu ihm umgesehen, doch er war schnell.

Er war sich jetzt sicherer denn je, dass er seinen Plan schneller über die Bühne bringen musste als gedacht. Dana war körperlich viel robuster, als er geahnt hatte, aber seine Geschichte würde sie zu Ende lesen müssen. Sie würde erfahren, warum sie sterben musste, und würde ihn anflehen, es schnell zu tun. Doch diesen Wunsch würde er ihr nicht erfüllen können.. Sie konnte in diesem stinkenden Loch verrotten, so wie sie es verdient hatte und vor allem, wie es Gabriel verdient hatte, seine Frau zu verlieren...genau wie er selbst.

Diese Wut, die jedes Mal aufs Neue in ihm aufstieg, konnte und wollte er einfach nicht unterdrücken. Auch diese Psychologin, die er nur für seine Zwecke benutzt hatte, wollte tiefer in seine Seele eindringen, hatte sich sogar in ihn verliebt, was ebenfalls zu seinem Plan gehört hatte. Bei dem Gedanken daran umspielte ein Lächeln seine Lippen. Er war geübt darin, Menschen zu manipulieren, und das erfüllte ihn mit einem gewissen Stolz.

Er legte die letzten Seiten der Geschichte in das Buch, so, wie er es sich vorgestellt hatte, entzündete eine neue Kerze. Eine zweite stellte er daneben, dazu eine Flasche Wasser und eine Packung abgelaufener Kekse, die er in einer Mülltonne gefunden hatte. Er hatte gelächelt, als er sie mitgenommen hatte. Ein kleines Geschenk für Dana, als Henkersmahlzeit...sie würde damit zumindest lange genug überleben, um ihr Ende zu erfahren...

Der Gestank und diese durchdringende Kälte ließen ihn das Verlies schneller verlassen, als er es vorgehabt hatte. Warum hatte er heute seine Jacke nicht angezogen? Kurz begann er zu überlegen, wo er sie hatte liegen lassen, doch er verwarf den Gedanken sofort wieder.

Gerne hätte er sich noch ein wenig an Danas Elend ergötzt, um sich Genugtuung und Befriedigung zu verschaffen. Dies ging jedoch auch mithilfe der Infrarotkamera, die er diesmal ebenfalls dagelassen hatte. Sie lag auf dem morschen Holzbalken, der die Gruft vor dem Zusammensturz rettete. So würde er in der Lage sein, ihre letzten Stunden mitzuerleben.

14

Gabriel schaute aus dem Fenster. Er starrte in den Himmel und betete still. Die vergangenen Tage hatten sein Leben, wie er es kannte, ausgelöscht. Er erkannte nichts wieder, er fühlte sich fremd in seinem Körper, seine Gedanken drehten sich einzig um Dana und seine Hilflosigkeit, seine Seele schien seinem Körper entwichen zu sein.

Er hörte das Klopfen an seiner Zimmertür nicht und bemerkte auch nicht, dass jemand eingetreten war. Erst als er sich gedankenversunken umdrehte, sah er die Tierärztin vor sich stehen und erschrak.

„Entschuldigen Sie, ich habe geklopft und Sie angesprochen, doch Sie haben nicht reagiert."

Etwas verlegen schaute ihn die Frau an.

„Es ist in Ordnung. Es tut mir Leid, ich bin nicht ganz bei mir. Bitte sagen Sie mir nicht, dass Sie schlechte Nachrichten für mich haben."

Gabes Gesichtsausdruck gab preis, welche Angst er vor der Nachricht der Ärztin hatte. Warum sollte sie sich sonst die Mühe gemacht haben, ihn persönlich aufzusuchen? Langsam setzte er sich auf das kleine Sofa in seinem Zimmer, den Blick gesenkt.

„Mr. Miller, ich habe versucht, Sie telefonisch zu erreichen, musste aber feststellen, dass Ihr Handy im Besitz des geschätzten Detectives ist. Darum blieb mir nach Rücksprache mit ihm auch keine andere Wahl, als Sie aufzusuchen."

Die Stimme der Tierärztin klang nüchtern und sachlich. Gabriel gab sich keiner Illusion hin und rechnete mit dem Schlimmsten. Doch sie sagte nichts weiter, sondern ging wieder zur Tür und öffnete sie. Dann schaute sie Gabriel an und begann zu lächeln. Den Grund dafür erkannte er sofort und traute seinen Augen nicht!

Langsam, aber auf sicheren Beinen, kam Buddy herein und musterte unsicher die Umgebung. Als er sein Herrchen auf dem Sofa sitzen sah, gab es jedoch für ihn kein Halten mehr. Er jaulte auf, begann mit seinem gesamten Körper zu wackeln und stürmte auf Gabriel zu. Ehe er sich versah, lag Buddy mit ihm auf dem Sofa und schleckte ihm das Gesicht ab. Gabriel reagierte gar nicht mehr auf seine Umgebung und gab sich voll und ganz den Liebkosungen seines Hundes hin. Er sah auch nicht, dass die Frau, die ihm dieses wunderbare Geschenk überbracht hatte, mit den Tränen kämpfte.

Als Gabe nach einer ganzen Weile wieder aufsah, blickte er in die erleichterten Augen seiner Eltern, die ihm gegenüber Platz genommen hatten. Er sah auch die Tierärztin, die noch immer an der Tür stand. Bei ihrem Anblick hielt er Buddy noch fester umarmt, so, als könne sich sein kleines Glück in diesem Moment durch sie sofort wieder in Luft auflösen. Doch als er wahrnahm, dass sie noch immer lächelte und ihre Tränen der Rührung erkannte, war er sich sicher, seinen geliebten Gefährten an seiner Seite behalten zu dürfen. Wer auch immer ihm sein Leben genommen hatte, hatte es nicht geschafft, ihm seinen Hund zu nehmen, den er liebte wie ein Kind.

Gabe nickte der Ärztin voller Dankbarkeit zu. Sie wandte sich zum Gehen und hob zum Abschied die Hand.

Erst, als sie gegangen war, realisierte er, dass sich noch eine weitere Person im Raum befand. Mr. Jacobs stand etwas abseits und beobachtete die Situation. Und obwohl Gabe auch bei ihm eine gewisse Rührung entdeckte, war er sich schon darüber im Klaren, dass er einen Grund hatte, hier zu sein.

„Mr. Miller, ich sollte Sie über den aktuellen Stand der Ermittlungen informieren", sagte er schließlich nüchtern, als er bemerkte, dass ihn Gabe erwartungsvoll ansah.

„Rain Tenner, Sie erinnern sich? Wir haben einiges über ihn herausfinden können." Fast war Gabriel versucht, die Augen zu verdrehen, weil er diesen Namen schon wieder hörte und sich noch immer keinen Reim darauf machen konnte.

„Ich möchte viel lieber wissen, ob Sie die Suche nach meiner Frau fortgesetzt haben. Entschuldigen Sie, aber das ist mir bei weitem wichtiger als dieser Typ, den ich nicht kenne und der mit dem Verschwinden meiner Frau nichts zu tun haben kann. Denn wie Sie sagten, ist er bereits eine Weile nicht mehr unter den Lebenden. Doch meine Frau ist es, und nachdem sie noch immer nichts von einer Lösegeldforderung erwähnt haben, kann ich doch wohl davon ausgehen, dass sie sich noch hier irgendwo aufhalten könnte, meinen Sie nicht, Detective?" Gabe stand mittlerweile direkt vor dem Polizisten und sah ihm tief in die Augen. Von Wut war nichts zu spüren, doch Gabe war entschlossen, sich nicht länger nur auf die Ermittlungen der Polizei zu verlassen.

„Sie haben Recht, Mr. Miller. Aber es gibt eine Verbindung zu Ihnen."

Gabe wich ein Stück zurück und seine Mutter, die inzwischen ebenfalls hinter ihm stand, nahm ihn vorsichtig am Arm.

„Es sieht ganz danach aus, dass Mr. Tenner durch den Sturz auf die Kante seines Schreibtisches zu Tode gekommen ist. Offensichtlich schlug er mit dem Kopf auf und erlag seiner Kopfverletzung. Er war zudem stark alkoholisiert, sodass man zunächst davon ausgegangen ist, dass Rain Tenner Opfer eines Unfalls geworden ist."

Gabriel hob fragend die Hände.

„Die Spurensicherung fand jedoch einen Schuhabdruck, der nicht zu Tenner passt. Leider kann man diesen nicht verwenden, er ist nicht vollständig, aber nach Art des Schuhs und dessen Größe ist es ausgeschlossen, dass es sich um Tenners Abdruck handelt. Ein weitaus interessanterer Hinweis war hingegen ein abgegriffener Zettel unter dem Schreibtisch des Opfers. Darauf war eine Telefonnummer zu erkennen."

Der Detective unterbrach kurz seine Ausführungen, um einen Kollegen hereinzubitten, der offensichtlich schon vor der Tür gewartet hatte.

Gabriel schaute zwischen den beiden hin und her. Es war ihm unmöglich, sich einen Reim darauf zu machen.

„Mr. Miller, wir haben natürlich recherchiert und herausgefunden, dass es sich bei der Telefonnummer um Ihre Direktwahl handelt. Ihre Sekretärin Luzy scheint eine nette Person zu sein. Allerdings hat sie den Namen Tenner auch noch nie gehört, meinte sie."

Jacobs konnte sich diese Anspielung jetzt nicht verkneifen. Nachdem er eigentlich intuitiv davon überzeugt gewesen war, dass Gabriel Miller unschuldig war, brachte ihn diese neue Situation doch ein wenig aus dem Konzept. Ein Unfall war es bei Tenner vielleicht doch nicht. Es muss noch jemand in der Wohnung gewesen sein. Und! Sie mussten diese Frau suchen, auch wenn er davon ausging, sie nicht mehr lebend zu finden. Die Möglichkeit einer Entführung gefiel ihm weitaus besser, damit so zumindest Hoffnung bestand, dass Dana Miller noch lebte. Doch nach fast drei Tagen hatte sich weder bei der Polizei noch auf Gabriel Millers Handy jemand gemeldet.

„Sie werden sicher verstehen, warum mein Kollege Ihre Schuhe überprüft. Es ist reine Routine."

Gabriels Mund stand offen. Er konnte nicht glauben, was hier gerade geschah. Seine Eltern sahen ihn fassungslos an. Während der Polizist sich an Gabes

Schuhen zu schaffen machte, ließ Jacobs ihn nicht aus den Augen.

„Mr. Jacobs, ich verstehe das alles nicht. Denken Sie etwa, ich hätte Sie belogen?", fragte Gabriel leise.

Nein, das dachte Jacobs nicht. Aber er musste herausfinden, was geschehen war, um Dana zu finden.

Der Kollege kam auf Jacobs zu und schüttelte den Kopf.

„Ihr Schuhabdruck scheint es nicht gewesen zu sein. Die Schuhgröße stimmt nicht überein, Sir."

Jacobs wusste, dass er provozierend klang, aber das war schließlich auch sein Job. Nicht selten kam er mit dieser Methode schneller zu einem Ermittlungsergebnis.

„Sie! Verdammt! Ich habe Ihnen gesagt, dass ich diesen Kerl nicht kenne und noch weniger verstehe ich, was das alles mit Dana zu tun hat. Und wie meine Telefonnummer in diese Wohnung kommt, kann ich auch nicht erklären! Ich habe das Gefühl, mir will jemand etwas anhängen! Doch selbst das wäre mir egal, solange ich meine Frau in Sicherheit wüsste." Sein ganzer Körper war voller Adrenalin. Gabriel war nicht in der Lage, sich zu beruhigen. Die ganze Sache war an Absurdität nicht mehr zu übertreffen.

„Ich bin Ihrer Meinung, Mr. Miller. Vielleicht sollten Sie noch einmal genau darüber nachdenken, wer Ihnen etwas anhaben will."

Jacobs unterließ es, Gabriel zu sagen, dass die großräumige Absuche des beachtlichen Waldstücks noch immer nichts ergeben hatte…

15

Rain Tenner

Was war das denn gewesen? Sally? Hatte sie gerade tatsächlich vor seiner Tür gestanden? Ihr Anblick und die Tatsache, dass sie ihn angewidert hatte stehen lassen, hellten seine Gedanken für einen kurzen Moment auf. War sie hier gewesen, um zu ihm zurückzukommen? Er verfluchte für einen Augenblick den Alkohol, der sein Leben im Griff hatte, wieder, nachdem Sally ihn verlassen hatte. Doch als er begriff, dass er am Ende war, wurde ihm bewusst, dass auch sie ihm nicht hätte helfen können. Es waren zu viele harte Schicksalsschläge in seinem Leben, zu viele

Schmerzen, als dass er ohne Betäubung damit hätte umgehen können.

Er hatte sich zu dieser Therapie durchgerungen und durch Sally wieder Hoffnung gehabt, doch sie hatte sie ihm auch sofort wieder genommen.

Langsam wieder in dem Nebel versinkend, griff er zu einer Flasche, die im Flur auf dem Boden lag. Es war noch etwas Whisky darin, ein willkommener Schluck für Rains zermürbte Seele.

Es klingelte erneut. Fast war Rain versucht, zur Tür zu springen und Sally den Himmel auf Erden zu versprechen, doch es war ihm klar, dass er nicht einmal dazu in der Lage gewesen wäre. Langsam öffnete er die Tür und sah sich einem Mann gegenüber, den er nicht kannte.

Der Mann sprach ihn an und stellte sich vor. Aber nachdem Rain ihn nur anstarrte und nicht in der Lage war zu antworten, ging der Mann einfach an ihm vorbei in die Wohnung. Rain brauchte einen Augenblick, um zu realisieren, dass es sich bei dem Mann möglicherweise um den potentiellen Käufer des Grundstücks in Südengland handeln konnte. Hätte er doch nicht so viel getrunken, damit er sich wenigstens einigermaßen vernünftig mit dem Mann hätte unterhalten können! Doch das war jetzt nicht mehr zu ändern. Er sollte versuchen, das Beste aus der Situation zu machen. Er versuchte sich zu konzentrieren und sprach den Mann an. Er war ihm irgendwie unsympathisch. Sein arrogantes Auftreten nervte Rain, als er versuchte, ihm einiges über das Grundstück und die, zugegebenermaßen, halb zerfallene Hütte zu erzählen. Es schien diesen Mann nicht wirklich zu interessieren. Vielmehr ging es ihm wohl darum, den Kauf so schnell wie möglich über die Bühne zu bekommen. Rain wankte zu seinem Schreibtisch, um in dem Chaos aus Flaschen und Unrat die Papiere für das Haus zu finden. Nachdem er mit dem alten Smith aus Torquay keine ordentliche Verhandlung, geschweige denn einen vernünftigen Kaufvertrag abgeschlossen hatte, hatte Rain das Grundstück ordnungsgemäß auf sich eintragen lassen. Zum Glück hatte es keine Probleme gegeben. Jetzt wollte er es wieder loswerden, er brauchte es nicht mehr, wollte aber im Nachhinein dann auch keine Schwierigkeiten haben.

Als Rain die Unterlagen endlich gefunden hatte, bemerkte er, dass der Mann ihn mit einem schiefen Lächeln von oben herab ansah.

„Wie war gleich noch Ihr Name?", stammelte Rain.

„Mein Name? Hatte ich mich Ihnen nicht vorgestellt? Nein? Das tut mir aber Leid. Ich bin Simon Carter. Aber ich denke, Ihr verweichlichtes Hirn wird sich meinen Namen nicht merken können, nicht wahr?"

Rain schaute ihn entgeistert an. Entschlossen genug ging er jedoch auf den Mann zu, um ihn der Wohnung zu verweisen. Beleidigen lassen musste er sich nicht, auch wenn dieser üble Kerl Recht hatte.

Doch es kam anders. Dieser Carter blieb einfach stehen und packte ihn am Kragen. Er schaute ihm tief in die Augen und Rain konnte den abgrundtiefen Hass in der Seele dieses Mannes erkennen. Rain wurde sich in diesem Moment bewusst, dass er sich in einer ausweglosen Situation befand. Seltsamerweise wehrte er sich nicht, obwohl ihm der Kerl die Luft abdrückte, sondern er konzentrierte sich voll und ganz auf die Worte seines Gegenübers.

„Sally hat mir gesagt, dass du ein weicher Typ bist, aber dass du so eine armselig versoffene Kreatur bist, macht mir die Sache sehr viel leichter."

Sally? Der Name der Frau, die er wieder hätte lieben können, hallte in Rains Kopf wider. War er etwa der Mann, mit dem er Sally vor ihrer Praxis gesehen hatte?

Rains Gedanken, so klar und nüchtern sie auch in dieser Sekunde waren, wurden im nächsten Moment jäh unterbrochen. Er wurde mit einer heftigen Bewegung nach hinten geschleudert. Er spürte, wie er fiel, und plötzlich fühlte er einen stechenden Schmerz in seinem Kopf, der im nächsten Augenblick seinen gesamten Körper durchzuckte…er sah Sally, kurz darauf seine Frau, den LKW und dann nichts mehr…Stille umgab ihn, wohlige, friedliche Stille, bevor er seine Augen für immer schloss.

Er saß wieder in dem kleinen Zimmer, welches er sich vor einigen Wochen angemietet hatte. Es war ein Glück für ihn gewesen, diese Unterkunft bei der alten Dame, die nicht mehr gut hören und sehen konnte, gefunden zu haben. Ein Leichtes für ihn, die Dame mit seiner charmanten Art davon zu überzeugen, bei ihr einziehen zu müssen, weil er etwas Abstand brauchte und sie dadurch etwas sicherer lebte, wenn sie nicht ganz allein im Haus war. Wenn er jetzt so darüber nachdachte, musste er laut loslachen. Sicher war sie durch ihn ganz bestimmt nicht, doch das musste sie ja nicht wissen. Sie diente seinen Interessen und das war alles.

Sein Arzt hatte ihm geraten, erneut einen Psychologen aufzusuchen, um nach der Tragödie seines Lebens wieder etwas Mut fassen zu können und, das war noch wichtiger, aufgrund seines seelischen Zustands nicht zwangsweise in eine psychiatrische Klinik eingewiesen zu werden. Mithilfe des Telefonbuches hatte er widerwillig die Nummer von einer Sally Steward angerufen und tatsächlich einen Termin bekommen. So konnte die Therapie fortgesetzt werden, der behandelnde Arzt war beruhigt und er konnte in Ruhe seinen ganz eigenen Plan verfolgen. Dass er die

Psychologin dann noch gekonnt für sich ausnutzen konnte, war für ihn wie ein Lottogewinn. Sie schien sich bereits in der ersten Sitzung in ihn verliebt zu haben. Zunächst erschien es ihm absurd und mehr als unangenehm, denn er würde außer Christi niemals eine andere Frau an sich heranlassen, geschweige denn, irgendwelche Gefühle zulassen.

Als sie ihm aber dann in den weiteren Treffen von diesem Tenner erzählte und vor allem, dass er in der Nähe des Ferienhauses von Dana und Gabriel eine alte Hütte besaß, die er zu einem Liebesdomizil für Sally und sich umbauen wollte, nahm sein grausamer Plan feste Züge an. Wenige Tage zuvor hatte er mehr durch Zufall die grundlegende Information zu seinem Vorhaben erhalten, dass sich nämlich das von ihm so verhasste Traumpaar einen Urlaub in Südengland gönnen wollte...in direkter Nähe von Tenners Hütte. Das war die Geburtsstunde seines Rachefeldzuges gegen die Millers gewesen.

Diese Sally war ihm langsam lästig geworden. Als sie ihm sagte, dass sie Tenner endgültig in die Wüste geschickt hatte, ergriff er seine Chance und tauchte bei ihm auf. Als vermeintlicher Käufer des Grundstückes...Bei dem Gedanken an das Treffen mit Tenner begann er wieder zu lächeln. So ein versoffener Idiot, es war so einfach. Dieser Typ würde sich bestimmt nicht an ihn erinnern. Er hatte ihm ja, genau wie Sally, einen falschen Namen genannt. Doch mit den wenigen Gehirnzellen, die der Alkohol noch übrig gelassen hatte, würde er sich mit Sicherheit nicht mehr entsinnen. Ein wenig komisch sah es schon aus, wie er nach dem Sturz da lag, er hatte sich eine beachtliche Wunde zugezogen. Doch selbst wenn Tenner den Sturz nicht überlebt haben sollte, könnte es ihm egal sein. Niemand könnte ihn damit in Verbindung bringen und falls doch, wäre er längst über alle Berge oder bereits bei Christi...Vielleicht.

Die wichtigen Informationen zur Hütte fand er dann auf dem Schreibtisch. Er hatte peinlich genau darauf geachtet, keine Spuren zu hinterlassen, die Unterlagen mitgenommen und die Wohnung so schnell wie möglich wieder verlassen. Als er schließlich in Thorqay angekommen war, war er mehr als zufrieden, dass diese verfallene Hütte nicht einmal zwei Meilen von der Ferienhaussiedlung entfernt war. Perfekt!

Ein kurzes Piepen riss ihn aus seinen Gedanken an die letzten Wochen und Monate. Die Verbindung zur Überwachungskamera in Danas Verlies stand.

Es war ziemlich dunkel, der Schein der Kerze vermochte es kaum, den kleinen Raum zu erhellen. Doch Dana war als Schatten zu erkennen. Noch kauerte sie zusammengesunken in der Ecke. Der Schock durch den Taser hatte ihr wohl doch mehr zugesetzt als vermutet. Sie war sehr geschwächt. Natürlich, sie hatte seit mehreren Tagen kaum gegessen und getrunken. Doch das war ja auch sein

Plan...Dana sollte jämmerlich zugrunde gehen, wie Christi. Doch vorher musste sie noch die Geschichte zu Ende lesen. Sie musste verstehen, warum dies alles geschah, was sie und Gabriel Christi und somit ihm angetan hatten.

Dana bewegte sich. Jetzt wurde es spannend. Er hätte schon eher auf die Idee kommen sollen, die Kamera zu installieren. Jetzt hatte er sie rund um die Uhr im Blick und wusste auch genau, wann er einschreiten müsste. Doch das hatte er eigentlich nicht mehr vor. Hatte sie die Geschichte beendet, würde sie wissen, wer er war und warum sie sterben musste. Er würde nicht mehr länger bleiben müssen an einem Ort, ohne seine Frau, dann nicht mehr...

*

Dana kroch langsam in Richtung Kiste, auf der das Buch lag. Hastig griff sie nach der Flasche mit dem Wasser. Bevor sie es zu gierig austrank, erinnerte sie sich daran, dass ihr womöglich sonst nichts übrig blieb für die nächste Zeit. Ihr kam der Gedanke, dass jemand hier gewesen sein musste. Ihre Schulter schmerzte und hinterließ ein Brennen, wenn sie darüber fuhr. Wie kam sie sonst zu dieser Verletzung? Aber das einzige, was sie noch sicher wusste, war, dass sie ein Geräusch gehört hatte...dann ein kurzer Schmerz und dann nichts mehr.

Als sie die Flasche abstellte, nahm sie das Buch erst wieder wahr. Sie nahm es erneut in die Hand, nur um zu sehen, ob es weitergeschrieben worden war.

Zuerst betrachtete sie die vermeintlich letzte Seite. Und als sie das Wort „Ende" unter dem letzten Satz las, war sie sich sicher, dass wohl niemand mehr in das Buch schreiben würde.

Dana legte das Buch sofort wieder auf die Kiste und starrte es an. Sie hatte Mühe, einen klaren Gedanken zu fassen. Ihr gesamter Körper schmerzte. Ihr Kopf drohte zu zerplatzen. Sie wusste, dass es daran lag, dass ihrem Körper Nahrung fehlte. Sie wusste auch, dass es unter diesen Umständen nicht mehr lange dauern würde, bis ihr Körper aufgab und nicht mehr funktionierte. Doch das Wissen darüber machte ihr komischerweise keine Angst mehr. Ihr Unterbewusstsein versuchte sie glauben zu machen, dass es in Ordnung war, eine friedliche Ruhe hatte sich in ihr ausgebreitet und die Todesangst verdrängt, die sie bisher mit jeder noch wachen Faser ihres Körpers gespürt hatte. Dana akzeptierte diesen Zustand. Es huschte sogar ein kleines Lächeln über ihre Lippen. Auch als sie daran dachte, wie glücklich sie mit

Gabriel hätte sein können...bei dem Gedanken an seinen Wunsch, endlich Kinder zu bekommen, traf sie ein letzter stechender Schmerz, der jedoch sofort einem beruhigenden Gefühl wich...Dana konnte nichts mehr tun. Sie musste sich ihrem Schicksal fügen. Nichts war mehr so, wie es einmal gewesen war und wie sich Dana ihr Leben vorgestellt hatte. Sie begann sich in eine Art Trance zu singen. In diesem Zustand fühlte sie sich wohl...sie sah Gabe, der ihr auf einer wunderschönen, blühenden Wiese entgegenlief. Er hatte ein Kleinkind auf den Schultern, welches wild mit den Armen schwenkte und immer wieder etwas vor sich hinbrabbelte. Sie lief auf die beiden zu und ließ sich von dem Lächeln ihres Mannes anstecken. Jetzt konnte sie die Rufe des kleinen Jungen hören...`Mummy, Mummy`...Er hatte Gabriels Augen und sein lockiges Haar glich ihrem...Ein Glücksgefühl durchströmte Dana...bevor sie von ihren Träumen davongetragen wurde...

16

Buddy wich Gabriel nicht mehr von der Seite. Nicht einmal Anne und Max war es möglich, den Hund für einen kleinen Spaziergang mit vor die Tür zu nehmen, ohne dass Gab mitkam. Man sollte es nicht glauben, doch Buddy schien die unwirkliche Situation sehr gut zu verstehen. Er vermisste Dana nicht weniger als Gabe und das war ihm nicht nur anzusehen, man spürte es deutlich.

Detective Jacobs beobachtete, wie die Vier unweit der Pension auf der Wiese liefen. Sie schienen sich angeregt zu unterhalten. Anne nahm ihren Sohn immer wieder in die Arme und Buddy lief direkt neben ihnen. Max Miller hatte die Hände in den Hosentaschen. Von seiner Größe und dem gestandenen Mann, der er offensichtlich einmal gewesen war, war nicht mehr viel zu sehen. Sein Blick schweifte in das Waldstück, welches sich an die Wiese anschloss, als suche er dort die Antwort auf die schrecklichen Ereignisse der letzten Tage. Jacobs unterließ es, die Familie weiterhin auf Schritt und Tritt zu überwachen. Es hatte nicht zuletzt durch die Gespräche mit Mr. Miller und seinen Eltern nicht mehr den Eindruck, dass er in das Geschehen verwickelt war. Offenbar handelte es sich bei Dana und Gabriel tatsächlich um ein Paar, das sich über alles liebte und es bis auf die Meinungsverschiedenheit über die Familienplanung keine Probleme zwischen den beiden gab. Entweder hatten Jacobs und seine Kollegen etwas Entscheidendes übersehen oder es gab sie tatsächlich noch, die große Liebe, an die Jacobs selbst schon lange nicht mehr glaubte.

Nicht zuletzt aufgrund seiner eigenen Erfahrungen war er in Bezug auf Beziehungsdramen ziemlich misstrauisch und abgeklärt geworden. Seine Gedanken schweiften ab zu Juli, seiner Tochter. Sie musste mittlerweile Anfang 30 sein.

Er hatte ihre Mutter und sie damals verlassen. Verlassen müssen. Er hatte in einem schwierigen Mordfall zu ermitteln, in dem es um verfeindete Gangs ging und eine Menge Blut vergossen worden war. Der Anführer des Clans, der mit Drogen-und Menschenhandel in Verbindung stand, war auf offener Straße erschossen worden. Es hatte V-Männer in der Szene gegeben, die die Ermittlungen vorantreiben sollten, und es gab offenbar auch eine Verbindung ins Morddezernat. Es war gefährlich geworden, sehr gefährlich. Die Frau eines Kollegen wurde von einem Gang-Mitglied überfallen und bedroht. Er konnte geschnappt werden, aber die Angst um seine Familie setzte sich in Jacobs fest. Schon Monate zuvor hatte er bemerkt, dass es aufgrund des Falls immer schwieriger wurde, mit seiner Frau vernünftig zu reden und umzugehen. Sie wollte nur, dass er bei ihr war und sie eine junge und glückliche Familie sein konnten. Aber er hatte sich fanatisch in die Ermittlungen gestürzt, war kaum noch zu Hause, sah seine Tochter nicht mehr und bemerkte bald, dass es aufgrund seiner intensiven Arbeit auch mit seiner Familie Probleme geben könnte. Nie hätte er den Gedanken ertragen, dass diese Mörder vielleicht seine Familie aufspüren und ihnen etwas antun könnten. Er musste die beiden beschützen, was es auch kostete. Seine Frau hatte es nicht verstanden. Sie wollte nicht umziehen oder eine neue Identität annehmen, nur weil ihr Mann ihr Bitten nicht erhörte und für sie und das Kind weniger arbeitete. Sie verstand es erst, nachdem er ihr eine andere Frau vorstellte…

Der Mordfall war unter seiner Leitung gelöst und die Täter zur Verantwortung gezogen worden. Er hätte eigentlich zufrieden sein können, doch die furchtbare Erkenntnis, was er dafür geopfert hatte, sollte ihn schnell einholen. In den ersten Monaten des nebeligen Zustandes und des langsamen Erkennens war Jacobs nicht in der Lage gewesen, um seine Familie zu kämpfen, sie zurückzuholen, sein Leben für sie zu ändern, alles zu erklären…zu tief war das Loch, in das er damals gestürzt war, zu unwirklich und irreal die Vorstellung und das Eingeständnis, selbst daran Schuld zu haben.

Zu viel Zeit verging, in der Jacobs versuchte, seinen Schmerz im Alkohol zu ertränken, zu viel Zeit, um etwas wieder gutzumachen, was kaum zu erklären war. Er hatte nie eine andere Frau gehabt. Er hatte seine Familie mit dieser Lüge nur schützen wollen. All das hätte er seiner Frau und seiner Tochter irgendwann erklären sollen, doch er war dazu einfach nicht in der Lage gewesen. Er hatte sich zu sehr verrannt, alles zerstört.

Jacobs hatte seine Frau und seine Tochter nie wiedergesehen.

Seine Arbeit war sein Leben…erst als ihm die Kündigung wegen seiner Alkoholsucht drohte, wachte er aus seinem Delirium auf, riss sich zusammen und verbiss sich wie zuvor in seine Arbeit, auch wenn er dazu aufs „Land" versetzt wurde und nicht mehr den Posten des Leiters der Mordkommission in London übernehmen durfte. Bis heute…Seine Arbeit wurde wieder zu seinem Lebensinhalt…er hatte nie einen Versuch unternommen, seine Familie zu finden und um Verzeihung zu bitten…

Das Klingeln seines Handys riss ihn glücklicherweise aus seinen trüben Gedanken. Seine Kollegen in London hatten neue Erkenntnisse im Fall Tenner. Immer mehr schien sich der Kreis zu schließen, doch noch immer war für Jacobs nicht zu erkennen, was vorgefallen war. Nur insofern war er sich sicher, auch wenn Gabriel Miller und Rain Tenner nichts miteinander zu tun hatten, eine Verbindung musste es geben. Als sich Jacob umdrehen wollte, um eine Besprechung mit seinen Kollegen einzuberufen, bemerkte er, dass sich die Familie Miller wieder auf die Pension zubewegte. Max Miller schien seinen Sohn etwas zu fragen. Gabriel deutete in Richtung Waldlichtung, in der sich das Ferienhaus in circa drei Kilometern Entfernung befand. Es hatte den Anschein, als ob Gabe seinem Vater noch einmal alles zu erklären versuchte, was er selbst nicht verstand.

„Es gibt ein paar neue Hinweise in unserem Fall. Unsere Kollegen in London haben herausgefunden, dass Tenner bis kurz vor seinem Tod mit einer gewissen Sally Steward in Verbindung stand. Sie ist Psychologin und soll Tenner nicht nur als Therapeutin zur Seite gestanden haben. Bisher wurde sie nicht angetroffen. Die Kollegen geben Bescheid, sobald sie vernommen wurde. In Tenners Wohnung konnten kurioserweise keine Unterlagen über die Hütte gefunden werden, die er aber laut seines Computers von dem alten Smith erhalten und ausgedruckt hat. Entweder hat er sie vernichtet oder derjenige, der unmittelbar vor seinem Tod in der Wohnung gewesen war, hat sie mitgenommen. Obwohl die Obduktion eindeutig ergeben hat, dass Tenner durch den Sturz ums Leben gekommen war, sollten wir davon ausgehen, dass es in diesem Spiel eine weitere Person gibt, die mit Tenner und Miller in Verbindung steht. Ich werde die Hundestaffel noch einmal anfordern.

Hawkins und Downey, Sie bleiben hier und lassen die Millers nicht zu weit aus den Augen. Die anderen kommen mit mir zurück ins Büro. Wir haben einen Fall zu klären und es wird Zeit, dass wir uns dafür den Hintern aufreißen. Das sind wir den Millers schuldig!"

Ohne ein weiteres Wort verließ Jacobs den Raum. Vor dem Gebäude traf er auf Gabriel. Er erklärte ihm kurz, dass es zwar neue Indizien gab, er aber zum jetzigen Zeitpunkt noch keine Auskunft geben könne.

Jacobs ließ den verständnislosen Gabriel zurück und fuhr ins Büro. Noch bevor er sich einen Kaffee einschenken konnte, klingelte sein Telefon.

Ein ehemaliger Kollege meldete sich und begrüßte ihn überschwänglich:

„Hey Bill, altes Haus! Wie geht es dir, du Landei?"

Jacobs verdrehte die Augen. Drake, dieser alte Mistkerl. Sie hatten viele Jahre miteinander verbracht, bis Jacobs damals versetzt worden war.

„Hey Drake. Was gibt es? Kannst du mir weiterhelfen?", fragte Jacobs förmlich. Er war dankbar dafür, noch immer so gute Verbindungen nach London zu haben, dennoch erinnerte ihn alles viel zu sehr an seine Vergangenheit und seinen tiefen Schmerz.

Jetzt war es Bill, der die Augen verdrehte. Aber er kannte seinen ehemaligen Chef nur zu gut, also unterließ er weitere Anspielungen.

„Wir haben diese Sally Steward vernommen. Sie wurde am späten Abend vor ihrer Praxis angetroffen. Sie hat zugegeben, mit Rain Tenner eine Affäre gehabt zu haben. Aber sie habe die Beziehung beendet, weil er rückfällig geworden war. Er war Alkoholiker. Nur eines war eigenartig. Als unsere Kollegin ihr erklärt hat, dass Tenner tot sei, war sie plötzlich total durcheinander. Es schien sie überrascht zu haben. Seltsam irgendwie. Wir haben sie unter Beobachtung, keine Sorge. Falls sich noch etwas ergibt, erfährst du es sofort."

Das war nicht viel, was Bill ihm da zu erzählen hatte. Er hatte sich etwas mehr erwartet, aber gut.

„Ich danke dir, halte mich bitte auf dem Laufenden."

Damit beendete Jacobs das Gespräch. Er nahm das Bild von Dana zur Hand und betrachtete es eingehend. Sie war eine wunderschöne junge Frau, lebenslustig, lebenshungrig und ihre Augen leuchteten richtiggehend. Für einen kurzen Moment versank Jacobs in diesen Augen, die ihn regelrecht fesselten… Es musste einen Weg geben, auch diesen Fall zu lösen!

„Wir finden dich!", sagte er laut zu sich selbst und vertiefte sich erneut in die Fakten des Falls DANA MILLER.

17

Er hatte sein Opfer im Monitor der Kamera gut im Blick. Das durfte doch nicht wahr sein! War diese Frau nicht mehr in der Lage, sich auf die Seiten des Buches zu konzentrieren? Konnte es wirklich sein, dass ihre Kräfte sie langsam verließen? Gut, sie hatte tatsächlich nicht genug Nahrung zum Überleben, aber das sollte sie auch nicht. Aber es konnte natürlich sein, dass sie aufgrund der anderen Umstände auch etwas zu viel Blut verloren hatte. Doch all das sollte nicht sein Problem sein. Er wurde langsam etwas ungehalten, dass sie es nicht hinbekam, die letzten Seiten des Buches zu lesen und stattdessen ständig wieder das Bewusstsein verlor. Doch sein Wunsch sollte erhört werden...

Dana richtete sich langsam auf. Sie schaute sich irritiert um, fast als könnte es sein, dass sie nicht mehr in ihrem Kerker saß.

Er musste lächeln...

Sie kam langsam auf die Beine und tastete nach dem Stück Brot und dem Wasser. Dabei kam sie unglücklich an die Flasche und sie fiel auf das Buch.

Er erschrak...

Dana schien es nicht zu stören, dass das Buch nass geworden war, vielmehr versuchte sie, den letzten Tropfen Wasser noch aufzufangen, um ihn nicht zu verschwenden.

Anschließend nahm sie das Buch in die Hand und schlug die nassen Seiten auf:

Die Schule ist fast beendet und ich denke, es war ein sehr gutes Jahr für Christi und mich. Wir hatten sehr viel Spaß miteinander und ich finde es wunderbar, dass wir zusammen studieren werden. Wir hatten es uns immer ausgemalt, wie es sein würde, wir beide, unzertrennlich. Christi möchte sich heute Abend noch einmal mit mir treffen, um zu reden, vielleicht auch, um etwas essen zu gehen, mal sehen. Auf jeden

Fall lassen wir es so richtig krachen. Ich freue mich riesig auf den Abend, zumal wir in den letzten Monaten nicht so viel Zeit hatten, um einmal ausgelassen zu feiern.

Ich werde sie schnell noch einmal anschreiben, vielleicht soll ich ja etwas Bestimmtes anziehen?

Ach Christi, sie ist mir die liebste und einzig wahre Freundin…

Sie kommt her, wunderbar. Dann werden wir uns zusammen fertig machen…sie kann wunderschönes Make up machen und wir reden ein bisschen. Eigentlich ist es meist so, dass Christi mir zuhört, schon immer. Von ihr weiß ich gar nicht viel. Ja, ich kenne ihre Familie, ihren Vater mag ich besonders gern, aber von ihr selbst, ihren Problemen und Wünschen weiß ich nicht sehr viel. Ich sollte mich in Zukunft auch ein wenig um sie kümmern. Sie ist immer für mich da, wirklich immer, sie ist so uneigennützig, hilfsbereit und sie hat mir über die schwere Zeit ohne meinen Vater hinweggeholfen. Ohne sie und Mum hätte ich das nicht geschafft. Mum macht mir langsam Sorgen. Es geht ihr von Tag zu Tag schlechter. Ich kann nicht sagen, warum das so ist. Aber ich denke, sie hat es nie überwunden, ohne meinen Vater leben zu müssen. Sie hatte ein paar Dates, doch es wurde nie etwas Ernstes daraus. Ihre Depression wurde immer schlimmer, wenn sich nicht bald etwas änderte, würde es böse enden…

Es klingelt, Christi, wunderbar. Sie lenkt mich immer wieder von trüben Gedanken ab…so wie jetzt.

Irgendwie kommt mir Christi heute etwas komisch vor, ganz anders als sonst. Sie wirkt unruhig und nervös. Es hat den Anschein, als würde sie etwas auf dem Herzen haben, kann es mir aber nicht sagen. Wir sitzen mittlerweile in unserer Lieblingsbar und jeder nippt an seinem Drink. Wir sind einfach gleich zusammen losgefahren, ohne vorher noch etwas an unserem Styling zu arbeiten, wie wir es sonst tun. Ich traue mich gar nicht, sie zu fragen, was nicht stimmt. Um sie etwas aufzumuntern, stehe ich auf, werfe Kleingeld in die alte Jukebox und wähle unseren Lieblingssong. Dem kann sie nie widerstehen. Ich schnappe mir ihre Hand und ziehe sie auf die kleine Tanzfläche. Doch als sie vor mir steht, schaut sie mich nur traurig an und schüttelt den Kopf. Mein Gott, etwas Schreckliches musste passiert sein! Als wir uns wieder hinsetzen, holt Christi tief Luft und sagt mit Tränen in den Augen: ` Dana, ich werde nicht mit dir studieren gehen. Meine Pläne haben sich geändert.`

Mehr sagt sie nicht. Ich spüre, wie das Entsetzen über diese Worte langsam in mir aufsteigt und zwischen Verständnislosigkeit, Enttäuschung und Wut wechselt. Ich kann nicht antworten. Meine Kehle ist wie zugeschnürt. Ich finde ihren Blick. Ich spüre, dass sie unsicher ist. Einerseits weiß sie sicher nicht, wie ich reagiere, ich weiß es ja selbst nicht, andererseits zeigt sich Angst in ihren Augen, mich mit dieser Nachricht erneut in eine Depression stürzen zu können. Ich kenne sie. Und sie mich. Ich kann nicht glauben, was gerade passiert. Ich möchte wissen, warum, möchte sie fragen, wieso sie mir das antut…doch ich kann nicht. Ich fühle, wie die dunklen Wolken meiner Kindheit meine Seele umhüllen. Mein Verstand versucht mich davon zu überzeugen, dass ich es akzeptieren muss, zulassen muss, dass Christi ihren eigenen Weg gehen muss, auch ohne mich. Doch mein Herz versteht nicht, ich verstehe nicht, wie ich ohne sie an meiner Seite weiter glücklich sein kann… Ich stehe ohne ein Wort auf und gehe…

Seit Tagen habe ich nichts von Christi gehört. Ich sitze in meinem Zimmer und versuche, mein Leben zu ordnen, eine Zukunft zu planen, die ich vor wenigen Tagen noch nicht in Betracht gezogen hatte. Ich höre meine Mutter rufen. Als ich langsam die Treppe hinuntergehe, sehe ich Christi im Flur stehen. Sie ist nicht allein. Ein junger Mann ist bei ihr. Doch ich achte nicht auf ihn, sondern versuche nur, ihren Worten zu folgen.

„Du musst mir verzeihen, Dana. Das ist mein Freund und ich werde mit ihm auf eine andere Uni gehen. Wir lieben uns, so sehr. Ich hoffe, du kannst mich

verstehen. Ich habe dir bisher nichts davon erzählt, weil ich befürchtet habe, dass es dir damit nicht gutgehen könnte. Ich weiß, dass du es auch ohne mich schaffst. Dennoch möchte ich dich nicht verlieren. Bitte verzeih mir und wünsche uns Glück."

Ihre Worte hallen in meinem Kopf nach. Ich spüre, wie endgültig ihre Entscheidung ist. Ich habe sie verloren. Sie kommt auf mich zu, streckt die Arme nach mir aus, aber ich weiche zurück. Der Schmerz ist zu groß, ich kann ihn nicht überwinden. Ich weiß, wie sehr ich auch sie damit verletze. Sie weint. Doch ich kann nicht anders und renne die Treppe wieder nach oben. Aus den Augenwinkeln sehe ich noch meine Mutter, die in der Küche steht. Sie hat alles mit angehört und senkt traurig den Kopf.

Als ich höre, wie sich die Tür schließt, beginne ich zu weinen, zu schluchzen und zu schreien. Die Dämonen sind zurück. Wieder hat sich ein lieber Mensch von mir verabschiedet, wieder wurde ich verlassen…

Dana legte das Buch beiseite. Es war einfach unglaublich. Unglaublich und verstörend. Es war, als würde sie ihre Vergangenheit einholen. Die Worte, die sie gerade gelesen hatte, waren ihre Gedanken, ihre Gefühle, ihr Gemütszustand zum damaligen Zeitpunkt.

Nur viel zu gut konnte sie sich noch daran erinnern, nicht zuletzt durch das Buch, was sie gerade in den Händen gehalten hatte und verdammt war, es zu lesen. Damals hatte Dana auch nicht glauben können, dass ihr Christi einen Freund verschwiegen hatte. Sie hatte nichts von ihm gewusst, weder wo er herkam noch wie er hieß und auch nicht, wie lange die beiden schon ein Paar waren, um so eine Entscheidung gemeinsam zu treffen.

Doch wie konnte das alles, was hier geschrieben stand, jemals jemand anderes so genau wissen? Sie hatte nie mit jemandem darüber gesprochen, nicht mit ihrer Mutter, die zu diesem Zeitpunkt als einzige bei ihr war...die einzige, die es wirklich wissen konnte und so genau nachfühlen konnte, war Christi. Oder? Moment...als sie wenig später Gabriel kennenlernte, erzählte sie ihm davon. Im Laufe der gemeinsamen Zeit hatte sie ihm wirklich alles über ihre Vergangenheit erzählt, auch davon, wie es sich angefühlt hatte, den Boden unter den Füßen zu verlieren, als ihr Vater sie verlassen hatte und auch, wie es ihr erging, als sie von Christi verlassen worden war...

Danas Gedanken fanden keine Klarheit. Als sie wieder auf das Buch schaute, bemerkte sie, dass sich die Worte plötzlich änderten. Schnell las sie weiter, getrieben von Neugier und aufkeimender Wut, endlich etwas über ihren Peiniger herauszufinden. Sie bemerkte auch, wie ihr erneut die Sinne zu schwinden drohten, dennoch las sie:

Die arme kleine Dana! Es tut mir ja so Leid! Was du hast alles durchmachen müssen! Habe ich alles richtig beschrieben, war es nicht genau so? Selbst wenn nicht, es ist mir egal. So egal, wie dir Christi gewesen ist, als sie weggegangen war! Hast du je nach ihr gefragt? Je nach ihr gesucht, dich nach ihr erkundigt? Hat es dich je interessiert, wie es ihr ging? Sie war dein ganzes beschissenes Leben für dich da, doch du nicht ein einziges Mal für sie!

Dana erschrak und starrte die Zeilen an.

Er sah es mit Wohlgefallen. Es war endlich soweit. Sein Spiel ging dem Ende entgegen. Ihrem Ende. Jetzt würde sie erfahren, was sie getan hatte, sie und ihr Gabriel, dieser arrogante Mistkerl, der sich herausgenommen hatte, Gott zu spielen. Sein ehemals bester Freund...

Das konnten nicht Christis Worte sein! Waren es Gabriels Worte?

Doch warum?

Nein!

Was sollte sie ihm je angetan haben, dass er dieses Szenario aufgebaut hatte, um sie hier in diesem Loch vor die Hunde gehen zu lassen?

Dana schrie plötzlich auf. Es kam aus ihrem Inneren, sie hatte es nicht mehr unter Kontrolle. Ihre wirren Vorstellungen konnten sich nicht damit vereinbaren, was sie tief in sich spürte. Es schien fast so, als ob man ihr erklären wollte, dass ihr ganzes bisheriges Leben eine einzige Lüge gewesen war. Ihr Wille zu überleben und sich dieser Situation zu stellen, wurde immer schwächer. Wenn es wirklich so sein sollte, dass Gabriel etwas mit ihrer Entführung zu tun hatte, gab es keinen Grund mehr zu kämpfen…Ihre Schreie verhallten nicht, durch die Enge des Raumes kamen sie stetig zurück zu ihr…der Wahnsinn schien sie gepackt zu haben…

Und das missfiel ihm…

18

Der Anruf von Drake kam früher, als Jacobs es erwartet hatte.

„Was gibt es? Neuigkeiten von dieser Sally Steward?"

„Jawohl, Sir." Drake war wie immer gut gelaunt. Eine Eigenschaft, um die Jacobs ihn schon früher immer beneidet hatte.

„Sally Steward hat vor ca. einer Stunde mein Büro verlassen. Der Lady ist etwas sehr Wichtiges eingefallen."

„Ich höre?"

„Sie erzählte mir von einem gewissen Simon Carter, der auch einer ihrer Patienten war. Sie hat sich auch mit ihm eingelassen und dafür unseren Tenner in den Wind geschossen. Sie sprach auch mit Carter über die Hütte, die Tenner als Ferienhaus und Liebesnest für sie umbauen wollte. Daran schien Carter sehr interessiert gewesen zu sein. Als es ihr aber mit ihm ernster wurde, hat er sie fallen lassen."

„Und weiter?" Jacobs klang etwas ungeduldig.

„Ja, Mrs. Steward ging wohl später noch einmal zu Tenners Wohnung. Laut ihrer Aussage habe sie mit ihm reden wollen, sich bei ihm entschuldigen wollen, aber das Gespräch war fast unmöglich. Sie sagte aus, dass Tenner so alkoholisiert gewesen sei, dass es nicht zu einer Aussprache gekommen war. Sie verließ daraufhin das Gebäude und ging in ein Cafe´ auf der gegenüberliegenden Straßenseite. Wenig später beobachtete sie, wie Simon Carter das Gebäude betrat. Zunächst dachte sie, er würde dort eine Frau besuchen. Er verließ jedoch keine 15 Minuten später allein das Haus. Ob er etwas bei sich trug, konnte sie nicht mit Sicherheit sagen. Als sie von Tenners Tod erfuhr, kam sie zu uns."

„Das könnte bedeuten, dass dieser Carter kurz vor Tenners Tod bei ihm war. Aber in diesem Haus leben wie viele Familien? Habt ihr diesen Kerl überprüft?" Jacobs musste allen Hinweisen nachgehen.

„Es gibt noch sieben weitere Wohnungen, allerdings stehen die meisten leer. Und ja, wir haben ihn überprüft."

„Und? Mensch Drake! Lass dir nicht alles aus der Nase ziehen!"

„Es gibt keinen Simon Carter. Zumindest keinen, auf den die Beschreibung von Sally Steward passt."

„Falscher Name? Falsche Identität?"

„Es sieht so aus. Ich melde mich wieder, Bill."

Es war ein neuer Ansatz.

Die bisherige Fahndung nach Dana hatte nichts ergeben. An alle Dienststellen der Gegend, einschließlich der Hauptstadt, war Danas Bild geschickt worden, doch bis jetzt gab es noch kein Ergebnis. Jacobs hatte sich die Akte wieder und wieder angeschaut. Jetzt waren es bereits fünf Tage, dass Dana verschwunden war, und es gab keinen nennenswerten Erfolg. Der einzige Hinweise auf einen Ermittlungsansatz waren dieser ominöse Simon Carter und ein Zettel in Tenners Wohnung mit der Telefonnummer von Gabriel Millers Büro. Das könnte alles bedeuten und gleichzeitig nichts.

Vielleicht war es besser, die Firma noch einmal unter die Lupe zu nehmen, denn Jacobs glaubte inzwischen nicht mehr daran, dass Gabriel selbst etwas mit dem Verschwinden seiner Frau zu tun hatte. Es gab keine verdächtigen Handlungen oder Verhaltensweisen, im Gegenteil, Miller war ein seelisches und körperliches Wrack und er stand unter ständiger Beobachtung. Eine zwangsweise angeordnete Untersuchungshaft würde niemanden weiterbringen. Andererseits hatte er in seiner dienstlichen Laufbahn schon Fälle erlebt, von deren Ende er zu Beginn auch nicht ausgegangen wäre.

Er musste sich etwas Effektives einfallen lassen. Es gab weder eine Lösegeldforderung noch sonst irgendein Lebenszeichen von Dana. Wenn die Fahndung selbst landesweit nichts ergab, musste man davon ausgehen, dass Dana irgendwo festgehalten wurde und sie nicht mehr viel Zeit hatte.

Jacobs nahm den Hörer in die Hand und wies einige seiner Leute an, sich in der Firma von Dana und Gabriel Miller umzuhören. Dann machte er sich zurück auf den Weg zur Pension, in der Gabriel vorläufig untergebracht war. Er musste sich noch einmal mit ihm unterhalten. Vielleicht hatte er etwas Entscheidendes übersehen.

Jacobs fand Miller in der Lobby. Er war gerade dabei, mit seinem Hund vor die Tür gehen zu wollen und einen Beamten zu bitten, ihn zu begleiten. Jacobs gab dem Kollegen ein Zeichen, dass er das selbst übernehmen würde. Gabriels Mutter gesellte sich noch dazu und die drei verließen das Gebäude.

„Können Sie mir endlich etwas Neues sagen, Detective?", fragte Gabe.

„Noch nicht, es tut mir sehr Leid. Aber ich muss noch einmal mit Ihnen über Ihre Firma reden."

Jacobs unterbrach das Gespräch kurz, um einen Anruf entgegenzunehmen.

„Über die Firma?"

Gabe fragte erstaunt nach, nachdem Jacobs das Telefonat beendet hatte.

„Wie Sie wissen, fanden wir in der Wohnung des toten Tenner die Telefonnummer Ihres Büroanschlusses. Es muss also, wie auch immer, eine Verbindung dahin geben. Wenn Sie sagen, Sie kannten Tenner nicht, was ich Ihnen im Übrigen glaube, zumal auch der Schuhabdruck nicht zu Ihnen passt, muss zumindest die ominöse dritte Person eine Verbindung zu Ihnen haben. Ich gehe mittlerweile davon aus, dass Ihre Frau aus anderen Gründen irgendwo festgehalten wird. Es gibt keine Lösegeldforderung und bisher gibt es keinerlei Fahndungserfolge. Uns rennt die Zeit davon."

Jacobs senkte den Blick. Er wusste, was er da sagte und welche Auswirkung dies auf Gabriel Miller hatte.

„Ich werde zunächst wieder die Hundestaffel anfordern, um erneut den Bereich um das Ferienhaus absuchen zu lassen. Ich werde den Umkreis noch einmal vergrößern, wenn es sein muss. Wir müssen etwas finden."

Anne blieb stehen.

„Sie klingen verzweifelt, Detective, das macht mir Angst. Bitte sagen Sie mir, dass es auch noch Möglichkeiten gibt, meine Schwiegertochter zu finden."

Jacobs sah die Verzweiflung in Mrs. Millers Augen. Wie gerne würde er ihr sagen, dass alles gut werden würde, aber danach sah es im Moment nicht aus.

„Darf ich Sie um etwas bitten, Detective?" Gabe klang eher entschlossen, statt bittend und Jacobs nickte.

„Ich würde gerne mit Buddy noch einmal durch das Waldstück an dem Ferienhaus und zu dieser Hütte gehen. Es ist nur eine Idee, aber vielleicht kann uns Buddy helfen, eine Spur zu finden." Jacobs hatte nichts dagegen und willigte ein. Es war nicht sehr weit und einen Teil der Strecke hatten sie ohnehin schon zurückgelegt. Obwohl sie wegen Buddys angeschlagenem Zustand öfter Pause machen mussten, standen sie 25 Minuten später vor dem Ferienhaus. Gabriel starrte das Haus an. Hier hatte er Dana vor fünf Tagen das letzte Mal gesehen und im Arm gehalten. Er hatte gewusst, dass es schwer werden würde, wieder hier zu sein, aber dass es ihm so die Luft nahm, hätte er nicht gedacht. Er hatte Mühe, sich auf den Beinen zu halten, und hockte sich neben Buddy auf den Boden. Der schien zu bemerken, dass es Gabe nicht gut ging, und legte sich beschützend auf seinen Schoß.

Anne streichelte behutsam den Kopf ihres Sohnes, bevor er langsam aufstand und mit einem Nicken bedeutete, dass sie weitergehen könnten.

„Gabriel, um noch einmal auf Ihre Firma zurückzukommen. Wir haben erneut mit Ihrer persönlichen Assistentin Luzy gesprochen. Sie konnte uns nicht viel sagen, beziehungsweise meinte sie, vorher mit Ihnen reden zu wollen. Wenn Sie also nichts dagegen haben, würde ich Sie bitten, nachher in meinem Beisein in der Firma anzurufen und mit Luzy zu reden."

Gabriel war erneut stehengeblieben.

„Ich verstehe das alles nicht. Natürlich werde ich es tun, aber ich kann mir nicht vorstellen, wohin das führen soll. Sie müssen wissen, Luzy ist sehr loyal und nimmt ihren Job sehr ernst. Wenn ich ihr sage, ich möchte nicht gestört werden, dann setzt sie alles daran, dass ich nicht gestört werde. Ich kann mir nur vorstellen, dass dies der Grund ist, warum sie erst mit mir sprechen will. Haben Sie ihr gesagt, worum es geht?"

Jacobs schüttelte den Kopf.

„Nicht ganz, nur dass es einen Fall gibt, in den Sie verwickelt sein könnten. Sie hatte wohl Sorge, sie könnte Sie mit unüberlegten Aussagen belasten. Sie ist im Übrigen auch mit dem Telefonat später und unserem Beisein einverstanden, da wir sie sonst sofort hätten vernehmen lassen."

„Natürlich. Es gibt nichts, was ich Ihnen je verheimlichen würde. Ich möchte meine Frau zurück, das ist alles, was wichtig ist." Gabe sah Jacobs eindringlich an. Die Verzweiflung war dem jungen Mann ins Gesicht geschrieben, das Drängen in ihm, endlich ein Licht am Horizont zu sehen, endlich aus diesem Alptraum aufzuwachen.

Plötzlich begann Buddy zu winseln. Es war ungewöhnlich für ihn, doch Gabe erkannte den Grund dennoch sofort. Sie waren inzwischen so weit gelaufen, dass sie an dieser Hütte angekommen waren. Sie lag friedlich vor ihnen, so, als würde sie einem alten Märchen entsprungen sein und keineswegs diesem Thriller, der sich hier entwickelt hatte.

Als Gabriel erneut vor dieser Hütte stand, kam sie ihm unheimlicher vor denn je. Er versuchte, Buddy zu beruhigen, doch der zog ihn immer wieder von dieser Hütte weg.

„Was ist mit dem Hund?", fragte Jacobs.

„Ich kann es Ihnen nicht sagen. Es ist merkwürdig. Ich weiß nicht, was Buddy hat. Ich habe ihn an einer ganz anderen Stelle gefunden. Das wäre nachvollziehbar. Was er mit dieser Hütte verbindet, weiß ich nicht. Sagten Sie nicht, es wäre alles abgesucht worden?"

„Ja", antwortete Jacobs.

„Hätten Sie dann auch feststellen können, ob Buddy hier bei dieser Hütte war?", hakte Gabe nach.

„Im Normalfall schon. Leider sind wir sofort mit der Hundestaffel in den Wald gegangen. Die Spuren des Hundes können dabei verloren gegangen sein. Es ist nicht sicher, ob er hier war. Allerdings haben wir auch keinerlei andere Spuren finden können. Wenn jemand hier gewesen war, dann hat er wohl akribisch darauf geachtet, dass alle Hinweise verschwinden. Wir haben also bisher nichts. Aber wie gesagt, habe ich bereits eine erneute Absuche veranlasst."

Gabriel dachte nach und er hatte Mühe zu glauben, dass das alles gewesen sein sollte. Buddy zeigte ihm an, dass hier etwas ganz und gar nicht stimmte, also sollte er das noch einmal überprüfen. Er selbst! Ein kurzer Blick zu seiner Mutter bestätigte ihm, dass sie offensichtlich noch immer seine Gedanken lesen konnte. Sie nickte fast unmerklich und gab ihrem Sohn damit zu verstehen, dass sie ihn unterstützen würde.

„Ich denke, es wird Zeit, dass wir zurückgehen", meinte Jacobs.

Buddy sank erschöpft zusammen, als alle wieder in der Pension waren. Anne kümmerte sich um ihn und die beiden Männer machten ihren Anruf.

Luzy war sehr erleichtert, ihren Chef am Telefon zu haben.

„Gabriel, was ist denn passiert? Ich sollte Sie doch auf keinen Fall stören? Ich mache mir Sorgen um Sie, ist alles in Ordnung?"

Jacobs gab Gabriel zu verstehen, dass er sie beruhigen sollte.

„Nein, Luzy, alles in Ordnung. Es gibt nur ein paar Missverständnisse. Können Sie mir sagen, ob sich vielleicht während meiner Abwesenheit jemand gemeldet hat? Ein gewisser Tenner vielleicht? Rain Tenner?"

„Nein. Es hat niemand mit diesem Namen angerufen. Es gab in den letzten Tagen nichts Wichtiges, womit ich Sie hätte belasten müssen. Es ist alles in bester Ordnung und Ihr Stellvertreter macht einen hervorragenden Job. Geht es Ihnen wirklich gut?"

„Ja, Luzy, es geht mir gut. Es hätte ja vielleicht sein können, dass sie etwas Ungewöhnliches bemerkt beziehungsweise einen ungewöhnlichen Anruf für mich entgegengenommen haben. Schon in Ordnung." Gabriel zuckte mit den Schultern, als er in Jacobs Richtung sah.

„Es tut mir Leid, in den letzten Tagen war nichts ungewöhnlich", meinte Luzy.

„Wie meinen Sie das, in den letzten Tagen?"

Gabriel bemerkte, wie Luzy etwas zurückhaltender wurde.

„Gabriel, ich weiß nicht, wie ich es sagen soll… es gab vor geraumer Zeit einen Anruf, den ich Ihnen nicht gemeldet habe. Ich weiß nicht mehr genau, wann es war, es ist mehrere Wochen oder sogar Monate her. Ich kannte diesen Mann nicht und er fragte mich auf eine sehr charmante Art Dinge über Sie, die ich vielleicht nicht hätte sagen dürfen. Ich habe im Nachhinein von

Kollegen erfahren, wer dieser Mann war. Aber um bei Ihnen nicht in Misskredit zu fallen, habe ich Ihnen von dem Anruf nichts gesagt."

„Luzy! Wer war dieser Mann und was haben Sie ihm erzählt?"

„Ich habe mit ihm darüber geplaudert, wie gerne ich für Sie arbeite und dass ich es wunderbar finde, dass Sie endlich einmal mit Dana Urlaub gebucht haben…"

Luzy zögerte kurz und Jacobs wurde hellhörig.

„Ich habe ihm gesagt, dass Sie nach Südengland in eine abgelegene Gegend fahren, um abzuschalten…er war wirklich äußert charmant…"

„Gott, Luzy! Wer war dieser Mann?"

„Paul Adams."

Gabriel legte ohne ein weiteres Wort auf. Er hatte gehofft, dass ihn diese Geschichte mit Paul nicht wieder einholen würde. Aber genau das tat sie jetzt und er wusste, dass Jacobs ebenfalls erwartete, sie zu hören…

19

Sie war sich nicht sicher, ob sie wach war oder schlief. Im schwachen Schein der Kerze, die nicht mehr lange brennen würde, konnte Dana kaum mehr etwas erkennen. Sie wurde sich wieder dessen bewusst, dass ihr Körper unter diesen Umständen nicht mehr lange durchhalten würde. Und nicht nur ihr Körper versagte ihr den Dienst, auch ihre Psyche schien sich nicht mehr zu erholen. Es war so friedlich, wunderbar sicher und ruhig, wenn sie schlief, wenn sie spürte, dass alles von ihr abfiel, nicht mehr wichtig war, nicht mehr wert, darüber nachdenken zu müssen...einfach Ruhe, selige Ruhe...

Verschwommen sah sie die Flasche. Ein wenig Wasser war noch darin. Es würde noch für die nächsten Stunden reichen. Doch vielleicht kam ihr Peiniger noch einmal zurück... Sie schreckte hoch. Ihr kamen sofort die letzten Zeilen des Buches in den Sinn und der Gedanke daran, dass Gabriel etwas damit zu tun haben könnte. Schwerfällig versuchte Dana aufzustehen. Ob sie es wollte oder nicht, sie musste diese Zeilen zu Ende lesen. Sie musste herausfinden, warum dies alles geschah, um es zu verstehen. Dana trank ein wenig, tastete nach dem letzten Keks, den sie auf die Kiste gelegt hatte, und biss gierig hinein... nie vorher hatte sie solch einen Hunger verspürt, nie hatte sie sich so auf ihre ursprünglichen Bedürfnisse besinnen müssen und dennoch wusste sie sich zu beherrschen...noch einen winzigen Schluck Wasser aufzusparen, nicht den ganzen Keks aufzuessen...sie würde durchhalten müssen, um alles herauszufinden.

Langsam nahm sie das Buch, gefasst darauf zu erfahren, warum sie hier war, weshalb ihre heile Welt zerbrochen war, weshalb sie möglicherweise sterben musste...

Erinnerst du dich? Erinnerst du dich an ein einziges Mal, für Christi da gewesen zu sein? Ich kann dir versichern, dass es dieses eine Mal nicht gab! Du hast dich nie wieder um sie gekümmert, nachdem sie damals mit mir weggegangen war, nie wieder.

Mit mir weggegangen?

Es war nicht Gabriel!

Nein!

Er war es nicht! Er ist es nicht!

Dana spürte eine große Erleichterung in sich aufsteigen, die ihr gleichzeitig das Gefühl tiefer Zufriedenheit gab, die Sicherheit, das Vertrauen, das Gefühl der bedingungslosen Liebe zu Gabriel...Sie legte den Kopf in den Nacken, schloss die Augen und schwelgte für einen Moment in Sehnsucht nach ihrem Mann...

Dein, ach so trauriges Leben ist mir zuwider. Zu lange hat es auch Christis und mein Leben bestimmt. Sie war zutiefst verletzt, weil du sie so hast gehen lassen. Sie hätte dir verziehen, sie hätte dir alles verziehen, wärst du nur einen Schritt auf sie zugegangen. Aber das war ja nicht mehr nötig. Christi hatte ihre Schuldigkeit getan, Christi konnte gehen. Es gab ja plötzlich den herrlichen und wunderbaren Gabriel, der an deiner Seite stand. Ich hasse euch beide so sehr, für euer Leben ohne Sorgen, ohne die Probleme, die meine Beziehung zu Christi zerstört hat.

Ich werde dir sagen, warum du hier bist! Ich werde dir sagen, warum du sterben musst...und warum ich derjenige sein werde, der dir dazu verhilft.

Du hast es deinem Mann zu verdanken! Gabriel Miller, mein langjähriger und bester Freund...was

für eine Heuchelei, wird für seinen Fehler büßen! Er hat meine Bitte, mein Flehen missachtet und stattdessen im Interesse der Firma gehandelt! Er hat mir das Medikament nicht überlassen, nur weil es nicht alle Tests durchlaufen hatte und nicht zugelassen wurde. Er hat sich für die Sicherheit entschieden und dafür, seinen Job nicht zu riskieren und damit gegen mich. Und gegen Christi! Ich habe jahrelang Seite an Seite mit ihm an der Entwicklung des Mittels gearbeitet, ich wusste, dass es Christi helfen würde…aber nein! Dein feiner Gabriel musste sich ja an die Vorschriften halten!

Er ist für Christis Tod verantwortlich!

Also bin ich es, der für deinen verantwortlich ist!

Er sah sie die letzten Zeilen lesen. Er sah es mit einer Genugtuung, auf die er lange gewartet hatte. Es war vollbracht. Sein Plan ging auf. Sie würde nicht mehr lange genug leben, um sich noch Gedanken darüber zu machen, was ihr geschehen war. Er war zufrieden. Das Wissen, dass er sich endlich gerächt hatte, überflutete ihn mit einer Zufriedenheit, die ihn ausfüllte und lächeln ließ.

Dana hatte die Augen geschlossen. Sie begriff nur langsam, was sie gerade gelesen hatte.

Sie ahnte, wer ihr Peiniger war... Allmählich fügte sich das Puzzle in ihrem Kopf zusammen. Er war der Freund, der damals mit Christi weggegangen war. Er wurde ihr später als bester Freund ihres Mannes vorgestellt, doch sie hatte ihn nicht wiedererkannt. Nie hatte Gabe Christi erwähnt, sie hatte nicht gewusst, dass sie mit ihm zusammen war, nicht mehr.

Christi war tot.

Dana würde sie nicht wiedersehen, nicht mehr die Chance haben, sich mit ihr zu versöhnen...

Sie musste sehr krank gewesen sein, wenn ihr das Medikament, welches Gabe vor drei Jahren versucht hatte, in den Markt einzuführen, vielleicht geholfen hätte...

Gabriel hatte ihr nicht alles erzählt. Sie wusste nur, dass Gabes Freund plötzlich gekündigt hatte, nicht, warum. Wahrscheinlich hatte Gabe sie schützen wollen. Die vorzeitige Einführung des Medikamentes und ihre interne Beauftragung der Vermarktung durch Gabe hätte sie beide beinahe den Job gekostet...

Doch all diese Gedanken brachten ihr nichts mehr. Nicht mehr als das, dass sie jetzt verstand, warum sie hier war und wie krank dieser Mann war, der ihr das angetan hatte.

Für einen kurzen Moment nahm sie ein rot flackerndes Licht war. Vielleicht war es nur eine Täuschung, doch wenige Sekunden später sah sie es wieder. Sie nahm zitternd die Kerze und versuchte auszumachen, woher der Lichtstrahl kam. Die starken Schmerzen, die bisher immer wieder ihren Unterleib durchzuckt hatten, waren weniger geworden. Das getrocknete Blut auf ihrer Hose rieb unangenehm an ihren Beinen, als sie in Richtung Wand kroch. Es erinnerte sie daran, was sie verloren hatte, das Kind, welches Zweifel in ihr hervorgerufen hatte...Zweifel darüber, ob sie es haben wollte und bekommen konnte. Doch diese Entscheidung war ihr abgenommen worden. Tränen liefen über ihre Wangen, sie begannen sich langsam mit einer unglaublichen Wut zu vermischen...

Da war es wieder. Ein roter Blitz. Oder versuchte ihr der Verstand ein Schnippchen zu schlagen? Nein! Sie sah es! Auf dem morschen Balken über ihr lag eine Kamera!

Er hatte sich kurz zurückgelehnt, um seinen kleinen Sieg zu genießen. Er hatte beschlossen, sich noch ein wenig an Danas Leid zu ergötzen, bevor er die Kamera ausschaltete. Der Akku in Danas Erdloch würde sowieso nicht mehr lange halten. Die Verbindung wurde immer schlechter. Es war sowieso bemerkenswert, wie gut die Verbindung trotz der Entfernung war. Sehr gute Qualität. Als er wieder auf den Monitor sah, bemerkte er, dass Dana aufgestanden war. Er hatte eigentlich erwartet, dass sie nicht mehr genug Kraft hatte und einfach liegen blieb, doch sie kam auf die Kamera zu.

Sie hatte sie entdeckt.

Sie sah ihn an. Auch wenn nur er sie sehen konnte, hatte er das Gefühl, dass sie ihm direkt in die Augen blickte. In seine kranke Seele, sein krankes Hirn.

Dana begann zu schreien. Er konnte sie hören, obwohl die Tonübertragung miserabel war. Sie sah aus wie eine Furie und eigentlich hätte er lachen wollen, da es ihm gefiel, wie sie litt. Doch die Worte, die sie ihm entgegenschrie, ließen ihm das Blut in den Adern kochen. Nicht die ersten beiden Worte, die mehr eine Frage von ihr waren. Diese erfüllten ihn mit Genugtuung.

„Paul Adams?"

„Bist du das?"

„Du bist es, nicht wahr?"

„Du elender Mistkerl! Du machst Gabriel und mich für dein Versagen verantwortlich? Du, der du nie gut genug warst, etwas selbst auf die Reihe zu bekommen, nimmst dir das Recht heraus, über mein Leben und meinen Tod zu entscheiden? Du kranker Versager! Du hättest ohne Gabriels Hilfe nicht einmal einen Job gefunden. Er hat dich in unsere Firma mitgenommen, weil du sonst auf der Straße gelandet wärst! Wie oft

hast du dein Examen wiederholt? Hast du das etwa alles vergessen? Auch deine extremen Exzesse während des Studiums, von denen mir Gabriel erzählt hat, hast du die vergessen? Hast du auch vergessen, wie oft er dich aus dem Dreck gezogen hat? Und das wegen deiner ach so schlimmen Kindheit? Du kranker Psychopath! Du hast nicht das Recht, über meine Vergangenheit zu urteilen! Ich werde dir nicht den Gefallen tun zu sterben, nicht so. Du wirst mich wohl eigenhändig umbringen müssen und mir dabei in die Augen sehen!"

Ihr starrer Blick ließ ihn nicht los. Er wusste, dass sie ihn in ihrer Angst herausforderte, doch er konnte ihre Beleidigungen nicht auf sich sitzen lassen, diese Demütigung nicht einfach hinnehmen.

Er starrte in den kleinen Monitor, bevor er ihn abschaltete. Ich werde dich eigenhändig umbringen, wenn du das möchtest…

20

„Haben Sie mir etwas zu sagen?", fragte Jacobs ernst.

„Ja. Ich denke schon. Auch wenn ich nicht weiß, wie der genaue Zusammenhang ist, aber ich habe eine Ahnung. Suchen Sie nach Paul Adams, vielleicht hat er etwas mit dem Verschwinden meiner Frau zu tun."

„Warum?" Jacobs schien Bedenken zu haben, wies aber sofort ein paar Kollegen an, die Ermittlungen aufzunehmen.

„Paul hat bei Luzy angerufen und sich über Dana und mich erkundigt. Es ist schon eine Weile her. Luzy hatte vergessen, mir von dem Anruf zu erzählen. Sie hat ihm gesagt, dass wir hierher in den Urlaub fahren wollten." Gabriel unterbrach kurz, um sich zu setzen. Er legte den Kopf in die Hände und ließ die Vorfälle vor drei Jahren Revue passieren.

„Er war mein bester Freund, obwohl er, sagen wir mal, ein Sonderling war. Er hatte immer Probleme, war oft exzentrisch, was wohl damit zu tun hatte, dass er früh seine Familie verloren hat. Er war in psychologischer Behandlung, hat aber immer wieder abgebrochen. Trotzdem hat er es geschafft, einen Studienplatz zu bekommen. Wir haben zusammen Pharmakologie in

London studiert. Er tat sich schwer, aber nach einigen Schwierigkeiten hatte er es mit meiner Hilfe geschafft und das Studium beendet. Etwa zwei Jahre nach mir. Irgendwann lernte ich bei einem Studententreffen Dana kennen. Sie war nicht auf der gleichen Uni gewesen, dadurch hatten wir auch nicht denselben Freundeskreis. Auf einem dieser Treffen stellte ich ihr Paul vor, doch die beiden schienen nicht besonders gut miteinander klar zu kommen. Paul mochte Dana offensichtlich nicht. Ich beließ es dabei.

Nachdem Dana und ich den Job in unserer jetzigen Firma bekommen hatten, sie war in der Marketingabteilung tätig, ich in der Forschung und Herstellung pharmazeutischer Mittel, wurde es ruhiger um Paul. Ich bekam ihn kaum noch zu sehen, bis er mich vor einigen Jahren bat, ihn in unsere Firma zu bringen. Ich sprach für ihn vor und es klappte. Er wurde mir zugeteilt. Doch er hatte sich verändert. Er war in sich gekehrt, wie ein wahnsinniger Eigenbrötler, der ein Ziel verfolgt, von dem niemand wusste. Da ich ihn und seine Probleme kannte, hatte ich kein Problem damit, zumal ich dabei war, ein vielversprechendes Medikament für die Krebsforschung zu testen, was meine gesamte Energie und Arbeitsintensität benötigte und mich sehr beanspruchte. Ich war versessen darauf, es auf den Markt zu bringen, weil ich wirklich überzeugt war, dass es ein Durchbruch sein könnte…"

Gabriel ließ den Kopf sinken. Die Ereignisse waren wieder präsent.

Jacobs entschied sich dafür zu warten, bis Gabriel weiterredete, und stellte noch keine Fragen.

„Paul hatte sich an der Entwicklung beteiligt. Aber dann gab es einige Probleme mit der Firma. Ich war vielleicht etwas voreilig gewesen und hatte auch Dana schon gebeten, eine Marketingstrategie vorzubereiten, um das neue Heilmittel zu präsentieren…doch ich hatte noch nicht alle Tests durchgeführt. Das missfiel natürlich der Firmenleitung, das Medikament wurde nicht zugelassen, weil es tatsächlich noch zu viele Unsicherheitsfaktoren gab, und meine Frau und ich hatten Mühe, unsere Jobs zu behalten. Paul akzeptierte das nicht. Er hielt das Medikament für ein Wundermittel. Es gab Streit deshalb. Er wollte es unbedingt noch in eine private Testreihe mit anderen Medikamenten und freiwilligen Probanden aufnehmen, die bereits an Krebs erkrankt waren. Ich ließ das natürlich nicht zu. Es gab eine Reihe von Probepackungen, die sicher verschlossen waren und vernichtet werden sollten. Ich beobachtete Paul zufällig dabei, wie er sich bemühte, an das Medikament zu kommen, indem er das Sicherheitssystem zu manipulieren versuchte. Ich stellte ihn zur Rede. Seine hasserfüllten Augen durchbohrten mich förmlich, bevor ich seine letzten Worte hörte:

Du trägst die Schuld an ihrem Tod. Das wirst du mir büßen!

Ich habe ihn nicht wiedergesehen."

Jacobs dachte nach. Er versuchte, die Fakten zusammenzuzählen. Kurzerhand nahm er sein Handy und rief Drake an.

„Hol diese Sally Steward zurück und lass ein Phantombild von diesem Carter anfertigen. Sobald du es hast, schicke es mir zu, ja? Und überprüfe gleich für mich einen Paul Adams."

Ohne die Antwort abzuwarten, legte er wieder auf. Er war wieder ganz in seinem Element. Er hatte zwar nicht viel, aber einen Verdacht. Endlich! Es gab zumindest Hoffnung, etwas über das Verschwinden von Dana Miller herauszufinden. Und vielleicht sie zu finden.

„Mr. Miller, haben Sie eine Idee, wen oder was Paul mit ´ihrem Tod´ gemeint haben könnte?"

„Das tut mir Leid, nein. Wir waren zwar befreundet, auch schon zu Unizeiten, doch von seinem Privatleben habe ich nicht viel mitbekommen. Ich weiß nur, dass er keine Familie mehr hatte."

„Eine Freundin vielleicht?"

„Das kann ich Ihnen nicht sagen. Ich habe ihn nie mit einer Frau gesehen. Wenn ich ehrlich bin, kann ich mir auch nicht vorstellen, dass er eine Freundin hatte. Er war schon ziemlich besonders. Meinen Sie, Paul hat etwas mit der Sache zu tun?"

Jacobs wiegte den Kopf hin und her. Es konnte eine Verbindung geben, aber sicher war es natürlich nicht. Der Zuruf eines Kollegen riss ihn aus seinen Gedanken.

„Sir, wir haben die Suche weiter ausgedehnt und etwas gefunden."

Der Beamte zeigte ihm eine Jacke, die im Wald gefunden worden war.

„Wo war das?"

„Auf der anderen Seite des Waldes, Sir."

„Die Spurensicherung soll sie übernehmen und mir sofort das Ergebnis mitteilen!"

Es kam Bewegung in die Sache. Das gefiel Jacobs. Er wies seine Kollegen an, die Absuche sofort bei Tagesanbruch fortzusetzen. Gabriel bat er, sich zunächst auf sein Zimmer zurückzuziehen und sich zur Verfügung zu halten.

Spät in der Nacht klopfte es an Gabriels Tür. Er war mit Buddy im Arm auf dem Boden eingeschlafen. Seine Eltern lagen auf der Couch. Die Strapazen der letzten Tage, die nervliche Zerreißprobe zwischen Hoffnung, Gebet und Ohnmacht war ihnen allen anzusehen.

Als Gabriel die Tür öffnete, sah er in das müde, aber deutlich hoffnungsvollere Gesicht des Detectives.

„Mr. Miller, ich denke, wir haben endlich einen Ansatzpunkt."

21

Das Licht an der Kamera war erloschen. Auch die Kerze würde in wenigen Minuten nicht mehr brennen und dann wurde Danas Verlies zu einem dunklen Loch, in dem sie auf ihren Tod warten musste. Sie war gerade noch so unglaublich wütend, ungewohnt euphorisch, provozierend gewesen...doch jetzt hatte sie die Realität wieder. Sie sank zusammen, versuchte zu begreifen, was geschehen war, versuchte zu verstehen, warum es jetzt vorbei war. Hatte Paul sie gehört? Er war es doch, oder? Plötzlich war Dana nicht mehr sicher... Hatte er sie gesehen? Hatte sie mit ihrem Wutausbruch alles noch schlimmer gemacht oder bestand so die geringe Hoffnung oder Angst, dass ihr Peiniger noch einmal zu ihr kommen würde? Doch warum? Bestimmt nicht, um sie am Leben zu lassen, sie zu erlösen und sie aus ihrem Martyrium zu befreien? Vielleicht hätte sie lieber flehen sollen...

Der Boden fühlte sich kalt an, doch je länger Dana so dasaß und beobachtete, wie die Kerze langsam erlosch, desto wärmer wurde ihr. Sie spürte die Ruhe einkehren, in ihren Körper, in ihre Seele. Ihr Verstand begann zu akzeptieren, was ihr Körper bereits verstanden hatte...sie konnte nichts mehr tun, um am Leben zu bleiben. Ihre Augen brannten durch die vielen Tränen, die sie vergossen hatte, und als sie sie schloss, war es eine Wohltat. Dana legte die Hände ein letztes Mal schützend auf ihren Bauch, um so ihrem Kind vielleicht noch einmal nahe zu sein, dem Kind, das sie nie kennenlernen durfte. Ihre Gedanken trugen sie zu Gabriel. Die Traurigkeit und die Schmerzen über den Verlust wandelten sich in das wohlige Gefühl der Geborgenheit und tiefer Liebe, als sie ihn bei sich fühlte. Die Sehnsucht nach ihm wurde gestillt, in ihren Gedanken und dem Inneren ihrer Seele. Sie waren vereint und ein wunderbares Gefühl der Dankbarkeit und des Glücks breitete sich in ihrem Körper aus...Dana spürte den flachen Luftzug nicht, der langsam in den Raum strömte...

Wie sie zusammengekauert da lag! Genau so, wie er es sich vorgestellt hatte. Eigentlich...bevor sie ihn derart beleidigt hatte und ihm seine eigenen Dämonen versucht hatte, vor Augen zu führen. Ihn als Nichtskönner und Dummkopf dargestellt hatte, als das psychische Frack...das er war.

Eine Weile schaute er sie nur an. Es stank erbärmlich in diesem kleinen Loch, der Sauerstoff war fast aufgebraucht, aber das störte ihn jetzt nicht. Er hatte sich nicht die Mühe gemacht, sich zu maskieren, das würde keinen Sinn mehr ergeben. Sie hatte seine Pläne durchkreuzt und ihn noch einmal zu sich gelockt. Und er war darauf eingegangen...aus Wut, aus verdammter Wut auf diese Frau, die sein gesamtes Leben bestimmt hatte. Und, um auf ihren letzten Wunsch einzugehen. Er sprach sie an, immer wieder und redete auf sie ein, doch sie schien ihn nicht zu hören..

Ein stechender Schmerz riss Dana aus ihren wundervollen Gedanken. Sie versuchte, die Augen zu öffnen, doch sie bemerkte, dass ihr linkes Auge augenblicklich anschwoll. Ihre zitternde Hand tastete ihr Gesicht ab und Blut rann ihr durch die Finger. Für einen kurzen Moment war ihr Verstand klar.

Er war hier!

„Na? Bist du jetzt wieder bei Bewusstsein?" Sein Lachen klang höhnisch und furchteinflößend. Dana nahm seine Stimme wahr, doch sie klang weit weg. Sie

versuchte, den Kopf in die Richtung zu drehen, aus der die Stimme kam. Doch ihre Kräfte verließen sie immer wieder. Plötzlich spürte sie, wie sie am Arm nach oben gerissen wurde, spürte den Atem ihres Peinigers in ihrem Gesicht und hörte jetzt ganz deutlich, was er zu sagen hatte:

„Ich bin also deiner Meinung nach ein Psychopath? Ja? Und du möchtest, dass ich dich eigenhändig umbringe? Dann sieh mir dabei gefälligst in die Augen!"

Er sprach langsam und sehr bestimmt. Als es ihr für einen kurzen Moment möglich war, die Augen zu öffnen, erkannte sie ihn. Paul. Sein Blick war dunkel, unberechenbar, wahnsinnig.

Dana fühlte, wie sie langsam von einer ungeahnten Energie erfasst wurde. Ihr gesamter Körper erwachte mit einem Mal zum Leben, als würde er sämtliche verborgenen Kräfte ein letztes Mal mobilisieren. Ihre Lippen pressten sich aufeinander, ihr Blick wurde starr und hielt seinem Stand. Es fühlte sich an wie eine Ewigkeit, doch in Wirklichkeit ging alles ganz schnell...

Dana zog ihr Knie mit einer unglaublichen Schnelligkeit und Kraft nach oben und traf Paul hart in den Magen. Er schrie auf und krümmte sich. Doch sie hatte das Messer in seiner anderen Hand nicht gesehen.

Reflexartig stach Paul zu, bevor er auf die Knie sackte.

Dana merkte, wie sie fiel, der Aufprall wurde durch Pauls Körper teilweise gedämpft. Aus den Augenwinkeln sah sie das blutige Messer neben ihm liegen und damit ihre letzte Chance.

Blitzartig und voller Adrenalin griff sie zu und rammte es Paul in den Rücken...

Sie spürte nicht mehr, wie das Blut ihre zerschlissene Kleidung durchtränkte, nicht, wie sich die Schmerzen versuchten, ihres Körpers zu bemächtigen. Sie vernahm auch die Schreie des Mannes nicht mehr, der ihr das angetan hatte. Stattdessen erfüllte sie eine wohlige Wärme, Zufriedenheit und Ruhe...

*

Paul versuchte, seine Schreie zu unterdrücken, den höllischen Schmerz zu kompensieren, indem er die Luft aus seinem Körper presste. Doch es gelang ihm nicht. Der quälende Schmerz wurde stoßweise schlimmer, im schnellen Takt seines Herzens. Er verlor viel Blut, das wusste er, dennoch musste er versuchen zu flüchten. Man sollte ihn nicht finden. Nicht hier. ER wollte sein Leben beenden, um wieder bei Christi zu sein, aber auf seine Weise. Dana hatte seine Pläne durchkreuzt. Er hatte sich provozieren lassen, sich zu der Dummheit hinreißen lassen, noch einmal hierher zu kommen. Er hatte Mühe, seine Wut im Zaum zu halten. Die unbändige Wut auf diese erbärmliche Frau, die sein Leben zerstört hatte, und auf sich selbst.

Keuchend griff er nach dem Messer in seinem Rücken. Als er es zu greifen bekam, sog er die Luft ein und zog es mit einem kräftigen Ruck heraus. Ein qualvoller Stich durchfuhr ihn und er war für einen Augenblick nicht mehr fähig, einen klaren Gedanken zu fassen...Er schnaufte, schnappte nach Luft und wusste, dass sie ihn schwer getroffen hatte. Doch sie würde nicht gewinnen. Er drehte sich zu Dana um, sah mit Wohlgefallen, dass sie nicht mehr gewinnen konnte. Leblos lag ihr Körper in einer Lache aus Blut, seinem und ihrem. Mühsam stand er auf... Es war vollbracht.

22

Die Männer gingen in die Lobby des kleinen Hotels, die selbst zu dieser nachtschlafenden Zeit ziemlich belebt war. Der Portier, einige Mitarbeiterinnen und natürlich Jacobs´ Kollegen gingen ihren Tätigkeiten nach. Besonders die Polizisten schienen sehr beschäftigt. Das Hotel war zu einer Art Einsatzzentrale geworden, seit Dana verschwunden war.

„Was ist hier los? Haben Sie Dana etwa gefunden?"

Gabriel war plötzlich hellwach.

„Noch nicht, aber wir sind auf dem richtigen Weg, Mr. Miller."

Jacobs begann zu berichten, was seine Kollegen und er in Erfahrung gebracht hatten:

„Meine Kollegen in London haben mithilfe von Sally Steward, einer Therapeutin, ein Phantombild erstellt. Sie hatte uns entscheidende Hinweise zum Fall Tenner geliefert. Es ging um einen Simon Carter, der mit Tenners Tod in Verbindung gebracht wurde. Leider gab es diesen Mann weder in unserer Datei noch war er sonst irgendwo zu finden. Ein Mann mit diesem Namen existierte nicht. Nach Abgleich der Daten, die über Paul Adams zu finden waren, er ist im Übrigen kein Unbekannter und mehrfach vorbestraft, wenn auch wegen kleinerer Delikte wie Beschaffungskriminalität in jüngeren Jahren oder Betrug, und dem erstellten Phantombild konnten wir ermitteln, dass es sich bei den beiden um ein und dieselbe Person handelt. Offensichtlich hat Paul Adams durch die Therapeutin Steward versucht, an Informationen über die Hütte zu kommen, von der Tenner gesprochen hatte. Die Hütte, die sich ganz in der Nähe Ihres Ferienhauses befindet. Es scheint, als habe Adams alles von langer Hand geplant."

Gabriel sah Jacobs ungläubig an.

„Ich verstehe nicht wirklich, was Sie mir sagen wollen. Paul hat w a s geplant? Die Entführung meiner Frau? Warum?"

„Das ist die Frage nach dem Motiv, die wir nicht beantworten können, dafür wissen wir, dass er mit hoher Wahrscheinlichkeit etwas damit zu tun hat."

„Was macht Sie da so sicher?"

„Wir haben am späten Nachmittag eine Jacke auf der anderen Seite des Waldes gefunden. Die kriminaltechnische Untersuchung hat ergeben, dass die Spuren mit denen übereinstimmen, die wir von Adams in unserem System haben."

„Was? Er ist hier? Paul ist hier und Sie glauben, er hat Dana?" Gabriel war aufgeregt aufgesprungen. Er verstand es einfach nicht.

„Ja, ich glaube, er hat seine Drohung Ihnen gegenüber wahr gemacht." Jacobs versuchte, beruhigend auf Gabe einzugehen, aber vergebens.

„Warum sitzen wir dann noch hier herum? Lassen Sie uns losgehen, es zählt jede Minute!"

Jacobs wusste, wie sich Gabriel fühlte, er würde nicht anders reagieren.

„In einer Stunde sind die Kollegen mit den Suchhunden da. Wir werden sie finden, aber…"

„Aber?"

Gabriel war aufgebracht. Er hatte noch immer das Gefühl, dass ihm etwas verschwiegen wurde.

„An der Jacke, die vermutlich Adams gehört, wurde ein kleiner Blutfleck gefunden. Mr. Miller, die DNA stimmt mit der Ihrer Frau überein, die wir zu Beginn der Ermittlungen von Danas´ Haarbürste entnommen haben. Das genaue Untersuchungsergebnis liegt zwar noch nicht vor, aber… ich möchte Ihnen keine Angst machen, dennoch… Sie sollten mit dem Schlimmsten rechnen."

Gabriel schlug die Hände vor das Gesicht, als er sich auf den Stuhl sinken ließ. Als er noch einmal kurz aufschaute, suchte er in der Mimik des Detectives ein Zeichen, dass er sich verhört haben könnte, dass alles nur ein böser Traum war und sich seine Hoffnung nicht plötzlich in Luft auflöste...doch Jacobs´ Gesichtsausdruck blieb unverändert und bestimmt.

Gabriel spürte die Hand des Detectives auf seiner Schulter.

„Kann ich irgendetwas für Sie tun?"

Eigentlich lag Gabe auf den Lippen zu sagen, `FINDEN SIE MEINE FRAU! LEBEND! `, aber er war sich der schwierigen Situation, auch für die Polizei, sehr wohl bewusst. Stattdessen sagte er:

„Ich würde gerne mit Ihnen und Ihren Kollegen mitkommen, wenn die erneute Suche beginnt. Auch wenn wir sie nicht finden...oder..."

Er brach ab. Tränen füllten Gabriels Augen. Jacobs antwortete nicht. Er hatte Mühe, seine eigenen Emotionen unter Kontrolle zu bekommen. Es war nur ein Fall, wie jeder andere auch, nichts Besonderes...zumindest versuchte er, sich das einzureden.

Gabriel zog sein Handy aus der Tasche. Ohne weiterzureden schaute er darauf, lächelte ab und an und wischte sich dabei die Tränen vom Gesicht. Als er bemerkte, dass er noch immer von Jacobs beobachtet wurde, gab er ihm mit einem Kopfnicken zu verstehen, dass er sich zu ihm setzten sollte.

Es war offensichtlich, dass sich Gabriel abzulenken versuchte, indem er mit dem Anschauen seiner Fotos, die ihn und Dana zeigten, in Erinnerungen schwelgte.

Jacobs schaute wortlos zu, wie die Bilder an seinen Augen vorbeiflogen. Gabriel und Dana mit dem Hund, in ihrer Wohnung, bei der Arbeit, auf einer Wiese, im Auto…Jacobs konnte nicht sagen warum, aber die Bilder fesselten ihn. Es war nicht so, dass er, wie sonst, nach Details suchte oder nach Hinweisen, es war anders. Besonders als Gabriel ältere Fotos öffnete…vor einigen Jahren bei einem Ausflug, ein Treffen mit Danas Studentenvereinigung, ihr Hochzeitsbild…

Bei diesem Bild stach Jacobs ein Detail ins Auge, das ihm für einen Moment das Blut in den Adern gefrieren ließ und welches er nicht vergessen sollte…

Der graue Morgen erwachte und damit begann erneut die Suche nach Dana Miller.

Mehr als 50 Beamte waren im Einsatz, ein Aufgebot, welches es in dieser ländlichen Gegend vor diesem tragischen Vorfall nie gegeben hatte. Ein Wagen nach dem anderen fuhr vor, mindestens 30 Hunde waren es und damit wurde alles auf eine Karte gesetzt. Jacobs war sich sicher, dass Adams hier irgendwo zu finden sein musste. Der Zustand der Jacke, die gefunden worden war, ließ darauf schließen, dass sie keinesfalls länger als drei Tage im Wald gelegen hatte. Was Jacobs störte, war, dass die Kollegen sonst keinerlei Hinweise gefunden hatten. Wenn die Absuche des Waldstückes, welches zugegebenermaßen eine beachtliche Größe hatte, wieder nichts ergab, musste er die Suche auf die einige Meilen entfernte Siedlung ausweiten. Vielleicht wurde Dana dort festgehalten, vielleicht hatten seine Leute etwas übersehen. Da es für Jacobs keine andere Möglichkeit mehr gab, noch mehr Einsatzkräfte anzufordern, musste er überlegen, ob er sie nicht sofort aufteilen sollte. Dinge, die er beachten musste, und Dinge, die ihn von seiner wagen, aber sich manifestierenden Vermutung ablenkten, die nicht nur den Fall betraf…

Die Zeit lief ihnen davon, wenn sie mit der Suche nicht sofort begannen, würden sie es bis zum Einbruch der Dunkelheit nicht schaffen. Die Tage wurden kürzer, es wurde allmählich kühler am Abend und wenn jetzt noch der übliche Regen einsetzte, hatten sie noch weniger Aussicht auf Erfolg. Jacobs entschied sich, diesmal nicht nur Befehlsgeber zu sein. Als die Kräfte eingeteilt waren und die Anweisungen klar, begab er sich zu der Truppe, die die Suche küstenseitig begann. Eine kleine Gruppierung von Beamten zuzüglich zweier Suchhunde setzte er zusätzlich im Bereich der Hütte ein, die sich in der Nähe des Ferienhauses befand. Auch wenn es dort bisher keine Spuren oder Hinweise bezüglich der verschwundenen Dana Miller gegeben hatte, war sich Jacobs sicher, vielleicht doch etwas übersehen zu haben.

Ein kurzer Zuruf unterbrach seine Überlegungen. Gabriel war ihm nachgelaufen.

„Ich würde Sie gerne unterstützen, ansonsten werde ich wahnsinnig. Lassen Sie uns mitkommen."

Ein kurzer Blick auf Buddy sagte Jacobs, wen er mit uns meinte. Obwohl er sich darüber im Klaren war, dass es für Gabriel möglicherweise eine schwierige und unzumutbare Situation werden könnte, sollten sie Dana tatsächlich finden, war er sich auch dessen bewusst, dass er ihn nicht aufhalten konnte.

Er verstand ihn. Er würde genauso handeln…zumindest in dieser Situation. In seiner eigenen Vergangenheit sah es anders aus. Er hatte sich nicht dazu durchringen können, seine Familie zu suchen. Ein brennender Schmerz durchfuhr ihn bei diesem Gedanken, den er vergeblich versuchte loszuwerden.

Jacobs nickte nur zustimmend, in der Hoffnung, die richtige Entscheidung getroffen zu haben. Stunde um Stunde verging. Langsam glaubte Jacobs nicht mehr daran, noch zu einem Ergebnis zu kommen, das sie weiterbringen würde. Bis sein Handy klingelte…

„Sir, wir haben in der Hütte etwas gefunden. Es ist eine Art Schacht, der bodeneben verschlossen war. Es war eher Zufall, ihn entdeckt zu haben."

„Einen Schacht?" Auch Jacobs´ Kollegen wurden auf das Telefonat aufmerksam.

„Ja, Sir. Das Problem ist nur, er ist verschüttet. Wenn es sich um eine Art Keller oder Gang handeln sollte, muss er zugeschüttet worden sein. Es führt zwar eine Treppe hinunter, man kommt aber nicht weiter. Allerdings sieht es nicht so aus, als wäre dieser Zustand schon über mehrere Jahre so, die Erde ist teilweise noch sehr locker. "

Jacobs dachte nach. Eine Treppe in einen Keller. Sollte es möglich sein, dass Dana einfach unter der Hütte verscharrt worden war? Man sah ihm offensichtlich an, dass er schlimme Befürchtungen hatte, denn Gabriel kam auf ihn zu und sah ihn fragend an.

„Suchen Sie alles so genau wie nur irgend möglich ab, versuchen Sie, so weit zu graben, wie Sie kommen. Ich schicke Ihnen Unterstützung und ich melde mich sofort wieder."

Als er aufgelegt hatte, nahm er sich einen Kollegen zur Seite und klärte ihn über den neuen Sachverhalt auf. Mit erhobener Hand wehrte er Gabriel ab, der wissen wollte, was geschehen war. Erneut nahm er sein Handy und rief in seinem Büro an. Er wies eine Kollegin an, umgehend einen Bergungstrupp an die Hütte zu schicken und sich mit dem alten Smith in Verbindung zu setzen, der bis zum Verkauf der Hütte an Rain Tenner ihr Besitzer gewesen war.

„Detective, was gibt es? Reden Sie verdammt noch mal mit mir!"

23

Er konnte sie in der Ferne hören. Das Gebell der Hunde, die Rufe der Beamten, wenn sie sich verständigten. Er musste weiter, irgendwie weiter. Als er die Augen langsam öffnete, bemerkte er, dass es bereits taghell war. Seine Hände begannen sich zu bewegen und er spürte das feuchte Laub zwischen seinen Fingern. Als er versuchte, seinen Kopf zu drehen, durchbohrte ihn ein stechender Schmerz, der ihm fast den Verstand raubte. Es war ihm nicht einmal möglich zu schreien, denn er wusste, dass er dazu momentan keine Kraft hatte. Er musste ohnmächtig geworden sein. Wie weit war er gekommen? Weit genug, um noch davonzukommen? Um sie nicht zu Dana zu führen? Er wusste es nicht. Was er wusste, war, dass er es noch geschafft hatte, den Tunnelausgang zu tarnen. Ein Geräusch in der Höhle hatte er noch wahrgenommen, ein Knarren, ein Erdrutsch vielleicht…

So schnell würden sie ihn nicht finden. Und auch Dana nicht!

Als die Schmerzen allmählich nachließen, stützte er sich vorsichtig auf beide Arme. Sekunden später knickte er jedoch wieder ein. Vermutlich hatte er zu viel Blut verloren, sein Körper war kraftlos und schwer wie Blei. Er schaffte es nicht. Es war einfach unmöglich. Still senkte Paul den Kopf wieder auf den Waldboden. Es roch nach Holz, Blättern und dem herannahenden Herbst. Diese Jahreszeit hatte Christi immer besonders gemocht. Wenn sich die Blätter färbten, der Wind stärker wurde und sie aneinandergekuschelt spazieren gingen…

*

Der Rückruf seiner Kollegin verschaffte Jacobs Zeit, nicht mit Gabriel reden zu müssen, noch nicht.

Der alte Smith meinte, sein Vater habe damals unter der Hütte eine Art Tunnel gebaut, der in einen kleinen Schutzraum führen sollte. Das war wohl zu den Zeiten des ersten Weltkrieges. Aber ob es einen anderen Ausgang gab oder ob dieser Tunnel noch existierte, wusste Smith nicht mehr. Er habe die Hütte kaum genutzt.

Das war nicht viel, aber immerhin ein Ansatzpunkt. Schnell informierte Jacobs die Kollegen darüber. Die einzige momentane Möglichkeit herauszufinden, ob es diesen Tunnel und diesen Schutzraum noch gab, war, es von der Hütte aus zu probieren. Seine Vermutung allerdings, Dana dort nicht mehr lebend zu finden, verfestigte sich immer mehr.

Jacobs ging gerade auf Gabriel zu, als er über sein Funkgerät angesprochen wurde.

„Wir haben ihn, Sir!"

Es waren die Kollegen, die auf der anderen Seite des Waldes mit der Absuche begonnen hatten. Es trennten sie vielleicht zwei Meilen und ohne weiter nachzudenken, rannten Jacobs und Gabriel los.

Es war nicht so weit, wie sie gedacht hatten. Ein Mann lag bewegungslos auf dem Boden. Gabriel erkannte ihn sofort. Die Sirene des Rettungswagens war bereits zu hören. Gabriel riss sich von Jacobs, der ihn aufzuhalten versuchte, los, warf sich zu Paul auf den Boden, zerrte ihn ruckartig auf den Rücken und damit ins Bewusstsein zurück.

„WO IST SIE? WO IST DANA?"

Gabriels Worte drangen tief in Pauls Gehirn. Sie hallten wider, als hörte er ein Echo. Er bemühte sich nicht, die Augen zu öffnen, stattdessen breitete sich ein verächtliches Grinsen auf seinem Gesicht aus. Gabriel Miller, dieser arrogante Kerl, der Gott gespielt hatte…der Mörder seiner geliebten Christi.

Leise und kaum hörbar formten seine Lippen seine letzten Worte:

„Sie ist tot."

Der Notarzt war inzwischen eingetroffen. Nach einer kurzen Untersuchung gab er Jacobs jedoch das Zeichen, dass es zu spät war.

Jacobs nahm Gabriel zur Seite, der noch immer wie in Trance auf Paul Adams´ Leichnam starrte. Auch Jacobs hatte gehört, was Paul gesagt hatte. Es schien tatsächlich vorbei zu sein, es blieb ihnen nur noch, Dana Millers Leiche zu finden.

Zum ersten Mal wusste Jacobs nicht, was er sagen sollte. Ihm kamen sofort wieder die Bilder in den Sinn, die er sich noch vor wenigen Minuten mit Gabriel zusammen angeschaut hatte. Unbewusst legte er den Arm um Gabes Schulter, um ihn zu trösten…und sich selbst. Wenn seine irren Gedanken wahr wären, dann…

Buddy holte die beiden Männer aus ihrer Starre. Er bellte aus einiger Entfernung so laut, dass es einem durch Mark und Bein ging. Gabriel schaute auf, doch er achtete nicht weiter auf seinen Hund. Die Trauer hatte ihn vereinnahmt, die vielen Fragen nach dem Warum, die Unfähigkeit, etwas an den Tatsachen ändern zu können, alles wieder gutzumachen, aus diesem Alptraum aufzuwachen und seine Frau in den Arm nehmen zu können…

Buddy stand aufgeregt vor ihm. Er bellte noch immer, das kannte man gar nicht von ihm. Er schien Gabe etwas mitteilen zu wollen und der war sich dessen ganz sicher, als Buddy versuchte, ihn am Ärmel hochzuziehen. Er schaute Jacobs an und forderte ihn damit auf mitzukommen. Gabe rannte Buddy hinterher, gefolgt von circa zehn Polizeibeamten.

Der Hund führte sie durch dichtes Gebüsch, an einer kleinen Lichtung vorbei, zurück in den Wald zu einer unscheinbaren Senke, blieb kurz stehen und lief dann unter ständigem Bellen aufgeregt hin und her.

Die Männer schauten sich fragend um. Die große Wurzel eines umgestürzten Baumes, Unterholz und ein kleines Moorgebiet waren zu sehen, doch weiter nichts.

Bis Gabriel mit dem einen Fuß in den Boden einbrach…Buddy kam sofort zu ihm und scharrte im Laub.

Jacobs hatte bereits sein Handy zur Hand genommen, um seine Kollegen zu informieren. Er kam dazu und warf zusammen mit Gabriel einige lockere Äste beiseite. Unter dem Geäst tat sich eine Grube auf, die einen Durchmesser von mindestens drei Fuß hatte. Die Vertiefung war befestigt, also nicht zufällig entstanden, und sie schien weitaus tiefer unter das Erdreich zu führen, als man vermuten könnte.

„Mr. Miller, ich bekam vorhin einen Anruf, dass früher ein Tunnel aus der Hütte geführt hat. Möglicherweise existiert dieser Tunnel noch und wir haben vielleicht hier den Ausgang gefunden. Es wäre auch möglich, dass Adams Ihre Frau hier versteckt gehalten hat, aber…"

Er redete zu viel. Er sollte seine Gedanken nicht so offen äußern, vor allem nicht dem Mann gegenüber, dessen Frau vermisst wurde und die mit großer

Wahrscheinlichkeit tot war. Er konnte es nicht anders sagen, dieser Fall war zu etwas Persönlichem geworden. Jacobs fühlte sich dieser Familie tiefer verbunden, als er es sonst je getan hatte…

Gabriels verstörter und ängstlicher Blick sagte mehr als tausend Worte. In seinem Gesicht spiegelten sich Verständnis und Zuversicht, aber gleichzeitig auch Verzweiflung und Erkenntnis.

Jacobs nahm einen Kollegen zu sich.

„Sie bleiben hier", sagte er an Gabriel gewandt und ohne eine Antwort abzuwarten beziehungsweise einen Einwand zu akzeptieren.

Langsam versuchten Jacobs und ein junger Kollege, in den Schacht zu steigen. Es war einfacher als vermutet. Nur allmählich ging es tiefer, bis die Männer vor einem Gang standen. Es sah tatsächlich so aus, als würde sich unter dem Erdreich ein Tunnel befinden, der sie weiterführen würde. Der junge Beamte ging bewaffnet mit einer Taschenlampe vorsichtig voraus. Jacobs folgte ihm. Es war einigermaßen schwierig voranzukommen. Zu zweit nebeneinander fast unmöglich und man musste gebückt gehen, um an die oberen morschen Balken nicht anzustoßen. Der Anblick des unterirdischen Gewölbes rief in Jacobs wieder die schreckliche Vermutung wach, Dana hier zu finden. Es war ideal, um jemanden verschwinden zu lassen, ohne Sorge haben zu müssen, dass er gefunden werden würde. Oder sie…

Das Gewölbe war erstaunlich gut erhalten. Jemand hatte sich die Mühe gemacht, einige Balken durch neue zu ersetzten, um das von oben drückende Erdreich zu stützen. Paul Adams vermutlich.

Es wurde immer stickiger, je weiter sie vorankamen. Es gab zwar genug Sauerstoff, der vermutlich durch die Öffnung hereinströmte, durch die sie gerade gekommen waren, aber der extreme Geruch nach Erde und die Feuchtigkeit war erdrückend und sehr unangenehm.

Ein paar Meter weiter blieb der junge Beamte plötzlich stehen. Der enge Weg gabelte sich. Mit einem kurzen Nicken entschieden sich die beiden für den linken Weg, der zunächst vielversprechender aussah. Doch nach nur wenigen Schritten wurden sie eines Besseren belehrt. Erde und große Steine versperrten ihnen den Weg. Um sicher zu gehen, ob sie nicht vielleicht den anderen Weg gehen sollten, versuchten sie zurückzugehen. An der Gabelung angekommen, kam ihnen plötzlich aus Richtung Ausgang ein Hund entgegen. Es war Buddy, der sich offensichtlich nicht hatte aufhalten lassen.

Jacobs ließ ihn gewähren, während er mit seinem Kollegen den anderen Weg entlang ging. Der Gang wurde von Schritt zu Schritt schmaler. Das Erdreich drohte über ihnen hereinzubrechen. Als der Gang so schmal wurde, dass ein Weitergehen unmöglich war, hielten die Männer inne.

„Sir, hier kann niemand langgegangen sein. Erst recht nicht erst vor wenigen Tagen oder Stunden. Es ist einfach unmöglich."

Jacobs nickte zustimmend. Aber wie konnte es sein, dass sie Adams nur circa eine halbe Meile von hier gefunden hatten und Buddy sie hierher geführt hatte? Das konnte kein Zufall sein. Dana Miller musste hier irgendwo sein, dessen war sich Jacobs sicher.

Und offensichtlich auch Buddy. Der Hund bellte, kam auf die Beamten zu und rannte wieder zurück. Die Männer folgten ihm, so schnell es ging, doch als sie wieder an der Gabelung waren, war Buddy verschwunden. Der junge Beamte suchte mit der Taschenlampe das Terrain ab. Von Buddy war weder etwas zu sehen noch zu hören. Als jedoch Jacobs zu rufen beginnen wollte, hielt ihn sein Kollege am Arm fest und legte den Finger auf den Mund. Jetzt hörte es Jacobs auch. Ein leises Scharren, nicht allzu weit weg von ihnen. Jacobs rief den Hund und Buddy antwortete prompt mit einem kurzen Bellen. Er war also noch hier unten, und wenige Minuten später fanden sie ihn. Er scharrte an dem Berg aus abgesackter Erde und Gestein, vor dem die Männer vorhin stehen geblieben und schließlich umgekehrt waren. Buddy versuchte, mit seinem Maul die Steine wegzuschieben, und buddelte mit den Pfoten unermüdlich im Dreck.

Als Jacobs versuchte, den Hund davon abzuhalten, da es seiner Meinung nach unnötig war, hier weiter nach Dana zu suchen, knurrte Buddy ihn an. Er versuchte, ihn zu beruhigen, aber das machte es nur noch schlimmer. Buddy fletschte die Zähne, als wollte er ihm unmissverständlich mitteilen, dass er sich nicht davon abhalten ließe, hier zu bleiben. Jacobs sah sich erneut um. Mit einem Stock stach er immer wieder in die Erde. Vielleicht hatte Buddy recht. Es schien so, als wäre das Erdreich erst kürzlich abgerutscht. Als er selbst versuchte, etwas davon zur Seite zu schieben, sah er ein durchgefaultes Stück Holz, dessen Bruchstelle tatsächlich noch ganz frisch war.

„Gehen Sie zurück und holen Sie sofort den Bergungstrupp her, schnell!"

Adrenalin schoss durch seinen Körper. Genau wie Buddy begann Jacobs so schnell wie möglich zu graben und es dauerte auch nicht lange, bis er bereits an einer Stelle durchgebrochen war. Es war sehr gefährlich, das wusste er. Jederzeit konnte die Erde von oben nachrutschen, doch er hatte keine andere Chance. Dana hatte keine andere Chance!

Jacobs nahm die Taschenlampe zwischen die Zähne und zwängte sich durch eine schmale Öffnung unmittelbar an der Wand. Im Schein der Lampe konnte er sehen, dass der Gang hinter dem Erdrutsch weiterging. Die Erleichterung darüber zauberte Jacobs für einen ganz kurzen Moment ein Lächeln auf die Lippen. So konnte er es vorerst allein weiterversuchen, bis die Kollegen hier unten waren. Buddy kam ihm nach. Ein kurzes Streicheln und Schnurren besiegelte die ungewöhnliche Kameradschaft der beiden. Vorsichtig tastete sich Jacobs Stück für Stück vor, immer darauf bedacht, auch den Hund nicht in Gefahr zu bringen und sie beide vor weiteren Einstürzen zu schützen.

Plötzlich sprang Buddy voraus. Für ihn war es natürlich viel einfacher, durch den schmalen Gang zu laufen. Er schien etwas gewittert zu haben, denn schon wie zuvor fing er mit einem Mal an, laut zu bellen. Als Jacobs endlich bei ihm war, sah er den Grund dafür. Sie standen vor einer alten, sehr stabilen Tür, die nicht verschlossen war, sondern sogar einen Spalt offen stand. Der Schutzraum, von dem der alte Smith gesprochen hatte!

Ohne weiter nachzudenken, zog Jacobs die Tür auf und betrat den Raum. Ein erbärmlicher Gestank schlug ihm entgegen, sodass er sich sofort den Arm vor das Gesicht hielt. Das verhieß nichts Gutes! Zu oft hatte er das schon erlebt…Er sah sich in dem kleinen Raum um, der vermutlich nicht mehr als fünf bis sechs Personen Platz bot. Er sah eine alte Kiste, eine abgebrannte Kerze und daneben lag ein Buch, aus dem die Seiten halb heraushingen...und dann sah er sie! Dana Miller lag leblos auf dem Boden. Buddy kauerte neben ihr, leckte an ihrer Wange, wimmerte und legte dabei immer wieder den Kopf schützend auf ihren Kopf. Überall um Dana herum war Blut, ihre Kleidung war durchtränkt...ein Anblick, der Jacobs erstarren ließ.

Er kam zu spät...

Weit hinter sich hörte er die Stimmen seiner Kollegen.

Er kniete sich zu Dana auf den Boden und sah dabei in die traurigen Augen ihres Hundes. Jacobs versuchte, Dana anzusprechen, auch wenn er wusste, dass es keinen Sinn mehr hatte. Er drehte sie vorsichtig auf den Rücken, um zu überprüfen, ob noch ein Funken Leben in ihr war. Eine Stichverletzung unterhalb der linken Schulter, der rechte Arm vermutlich gebrochen, auch die Hose war blutdurchtränkt, was auf weitere Verletzungen schließen ließ. Als er dann aber in Danas Gesicht sah, erschrak er und wich kurz zurück. Ihre linke Gesichtshälfte war geschwollen, doch er erkannte noch immer das hübsche Gesicht einer wunderschönen jungen Frau, deren Leben auf so grausame Weise hatte enden müssen. Und er glaubte, noch mehr zu erkennen...

Mit zitternden Händen strich Jacobs ihr die strähnigen Haare beiseite und überprüfte ihren Puls. Aufgrund seiner eigenen Nervosität war es ihm kaum möglich, irgendetwas zu fühlen. Er musste sich konzentrieren und versuchte es erneut. Er war sich zwar nicht sicher, aber er dachte, noch etwas zu spüren, ganz flach, ganz leicht…schlug ihr Herz etwa noch?

Jetzt überlegte er nicht mehr. Er steckte sich die Taschenlampe zwischen die Zähne und nahm Dana hoch, vorsichtig, aber schnell. Sie war leicht wie eine Feder, zerbrechlich, kraftlos, aber vielleicht noch am Leben. Er trug sie wie ein kleines Kind…als er sie so im Arm hielt, konnte er seine Tränen nicht mehr zurückhalten. Diese Emotionen waren vollkommen neu für Jacobs, aber er dachte auch nicht daran, sie zu unterdrücken. Es fühlte sich gut an, vertraut und richtig…

Die Kollegen des Bergungstrupps kamen ihnen bereits entgegen. Sie hatten es geschafft, den Gang einigermaßen frei zu bekommen, sodass es jetzt sogar möglich war, Dana auf eine kleine Trage zu legen und nach oben zu bringen.

Jacobs blieb zurück und schaute Dana lange nach. Er konnte nur hoffen und beten, dass er sich nicht geirrt hatte und sie vielleicht noch lebte. Und das tat er jetzt auch. Er sank auf den Boden, nahm beide Hände fest zusammen und betete dafür, dass alles gut werden würde, dass nach so vielen Jahren endlich alles gut werden würde...

24

Dana war nach London gebracht worden. Die Ärzte hatten ihr Möglichstes getan, doch Dana war noch nicht aufgewacht. Sie meinten, sie befinde sich in einer Art Koma, aus dem sie zwar jederzeit aufwachen könnte, was aber auch noch einige Wochen oder Monate anhalten könnte. Gabriel und seine Eltern saßen seit zwei Tagen ununterbrochen an ihrem Bett. Die Emotionen waren kaum zu beschreiben. Als Gabriel gesehen hatte, wie die Polizisten seine Frau aus dieser Grube im Wald herausgehoben hatten, war er schreiend zusammengebrochen. Er begriff es für einen Moment nicht. Sie so dort zu sehen, war einfach zu viel für ihn. Er hatte weder seine Gefühle noch seinen Körper unter Kontrolle. Er sah Dana, sie war wieder bei ihm, aber andererseits auch weiter weg denn je. Niemand konnte wissen, ob sie überleben würde, niemand konnte Gabe erklären, was genau geschehen war und wie er damit umgehen sollte.

Jetzt saß er an ihrem Bett und wusste noch immer nicht, wie er ihr helfen konnte. Sie sah so wunderschön aus, die Verletzung im Gesicht war schon zurückgegangen, die Stichwunde war versorgt, ihr zarter Teint, ihre hohe Stirn und ihre seidigen Haare sahen aus wie damals, als er sie kennengelernt hatte. Am liebsten hätte er sie einfach wachgeküsst, wie in einem Märchen, hätte ihr gesagt, wie unendlich er sie liebte, ihr einfach jeden Wunsch von den Augen abgelesen..doch er war wieder dazu verdammt zu warten…

Gabe war inzwischen von Jacobs über den Inhalt des Buches informiert worden, welches in dem alten Schutzraum neben Dana gefunden worden war.

Sie hatten damit das Motiv. Das Motiv des Paul Adams, des wahnsinnigen Technikfreaks, des ehemals guten Freundes, das Motiv des Monsters, das Dana töten wollte, um sich an ihm zu rächen. Gabriel begriff langsam, sehr langsam, was in Paul vorgegangen sein musste. Er war offensichtlich der Überzeugung gewesen, dass das Medikament, an dessen Entwicklung sie beide beteiligt waren, seine Frau hätte heilen können…doch Gabriel hatte ihn daran gehindert…

Was er weniger begriff, war, dass seine Frau Christi Thomas war, die ehemals beste Freundin von Dana. Warum hatte Paul das nie erwähnt? Aus Sorge, die beiden würden sich nicht mehr verstehen? Oder war es Christi, die ein Zusammentreffen nicht mehr wollte, aufgrund ihrer Krankheit? Sie würden es nicht mehr erfahren...

*

Der neue Tag erwachte und die Sonne schickte bereits helle Strahlen in Danas Krankenzimmer. Das Gezwitscher der Vögel weckte Gabriel sanft, er spürte die Hand seiner Frau in seiner und wenn er jetzt an diesem wunderbar wohltuenden Moment verharren könnte, mit dem Wissen, dass Dana sich zu ihm umdrehen und ihm in die Augen schauen würde, wäre er einfach glücklich...

Die Realität jedoch sah anders aus. Noch immer lag Dana regungslos im Bett. Gabe nahm ihr Lieblingsbuch zur Hand und begann, wie jeden Tag, daraus vorzulesen. Als er den Absatz beendet hatte, strich er ihr zärtlich über die Wange, die Sonne schien ihr dabei ins Gesicht und...sie blinzelte! Dana blinzelte! Sie bewegte ihre Augen. Sofort sprach Gabe mit ihr, flüsterte leise ihren Namen, bat sie, die Augen aufzuschlagen, küsste sie auf die Stirn und dann spürte er es...einen sanften Druck in seiner Hand. Ihre schlanken Finger bewegten sich und umschlossen seine vorsichtig. Es war einfach überwältigend!

Danas Augen öffneten sich ganz zaghaft, geblendet durch das Sonnenlicht fiel es ihr schwer, aber sie schaffte es. Schwach erkannte sie die Umrisse eines Körpers. Sie fühlte sich nicht bedroht, es kam ihr plötzlich alles vertraut vor. Zögerlich hob sie die andere Hand und tastete nach dem Gesicht, welches immer deutlicher wurde. Sie spürte ihn, seine Haut, seine Lippen und dann sah sie ihn vor sich.

Gabriel.

Heiße Tränen liefen über ihre Wangen. Mehr und mehr fühlte sie, wie ihr Körper zum Leben erwachte und etwas von ihrer Kraft zurückkehrte. Sie versuchte, die Lippen zu bewegen, um etwas zu sagen, doch Gabriel legte seinen Mund auf ihren. Ein Glücksgefühl durchströmte sie und ließ sie innehalten. Als sich ihre Lippen voneinander lösten, flüsterte Dana kaum hörbar: „Unser Kind…Gabe, ich habe es verloren."

Gabriel wusste nichts zu erwidern. Ein Wechselbad der Gefühle erfasste ihn. Er taumelte zwischen Glück und Unglück, zwischen Freude und Leid. Dana hatte ein Kind erwartet? Ihr gemeinsames Kind? War das der Grund, warum sich Dana am ersten Abend im

Ferienhaus so merkwürdig verhalten hatte? Hatte sie es ihm sagen wollen, aber nicht gewusst, wie? All die Fragen, die ihn jetzt beschäftigten, hatten jedoch momentan keine Bedeutung…

Auch Dana wurde erneut von dem Schmerz über den unglaublichen Verlust übermannt, doch jetzt war sie nicht mehr allein. Niemals hätte sie daran geglaubt, ihren geliebten Mann wiederzusehen, nie gedacht, jemals mit ihm darüber reden zu können, nie damit gerechnet, diese schwere Phase ihres Lebens noch mit ihm zu teilen und gemeinsam zu überstehen. Gabriel legte sich neben sie und nahm sie liebevoll und schützend in den Arm und beide wurden von einer Woge des Glückes erfasst, die stärker sein würde, als ihr Leid…

Beide hatten nicht bemerkt, dass inzwischen eine Schwester das Zimmer betreten hatte. Sie rief sofort den behandelnden Arzt. Als der kam, fand er Dana und Gabriel eng umschlungen und weinend vor. Ein Bild, das er schon oft gesehen hatte, doch meist unter anderen Vorzeichen und mit einer weitaus düsteren Zukunft. Er unterbrach sie ungern, doch er musste dringend ein paar weitere Untersuchungen durchführen, um sicher zu gehen, dass Dana Miller auf dem Weg war, gesund zu werden, auch wenn er ihr niemals die extreme psychische Belastung der letzten Tage und der kommenden Wochen und Monate abnehmen konnte.

„Mr. Miller, ich muss Ihre Frau kurz entführen." Erst als die Worte ausgesprochen waren, bemerkte er ihre Wirkung. Gabriels Gesicht war wie versteinert.

„Nein! Bitte entschuldigen Sie. Ich meinte natürlich, dass ich sie untersuchen muss. Bitte verzeihen Sie."

Gabriel zögerte kurz, denn der Arzt hatte ihn tatsächlich für einen Moment geschockt, zumal er gar nicht wahrgenommen hatte, dass er im Raum war. Etwas widerwillig stand er auf, schaute Dana tief in die Augen und sie gab ihm zu verstehen, dass es in Ordnung war. Er gab ihr noch einen Kuss, bevor die Schwester sie aus dem Zimmer brachte.

Gabriel sank auf dem Stuhl zusammen. Er weinte vor Glück, seine Frau wiederzuhaben und aus Trauer, sein Kind nie zu sehen, nie berühren und nicht aufwachsen sehen zu können. Doch er wusste auch, dass er jetzt stark sein musste, für sie beide, damit vor allem Dana körperlich und seelisch wieder gesund werden konnte.

25

Jacobs saß seit mehr als 24 Stunden in seinem Büro. Der Bericht über die Entführung und den einigermaßen glücklichen Ausgang musste verfasst werden, doch er hatte damit große Probleme. Das Buch, das Adams offensichtlich für Dana geschrieben hatte, war dienstlich gesehen ein Abschluss des Falles. Das Motiv wurde klar, es handelte sich um einen Racheakt am Ehepaar Miller aus verschiedenen Gründen, wobei die psychische Situation des Täters nicht außer Acht gelassen werden durfte. Doch das hatte keine Relevanz mehr. Paul Adams war tot, verblutet und das nach Spurenlage durch Dana Millers Hand, denn auf dem Messer am Tatort waren die Fingerabdrücke von Täter und Opfer gesichert worden. Es stand jedoch außer Zweifel, dass es sich hierbei um Notwehr gehandelt haben musste.

Was Jacobs an dem Buch allerdings noch mehr interessierte und faszinierte, war die Art, wie es geschrieben worden war. Adams hatte die Vergangenheit Danas so intensiv und detailgetreu beschrieben, dass man am Ende versucht war, Adams sogar zu verstehen.

Doch Jacobs sah darin noch etwas ganz anderes. Die Geschichte eines kleinen Mädchens, das plötzlich mit der unwirklichen und fast utopischen Vorstellung leben musste, ihren Vater verloren zu haben. Sie hat es wahrscheinlich bis heute weder verstanden noch überwunden. Dann verlor sie ihre einzige Freundin an diesen Kerl, der sich später als ihr Peiniger entpuppte, und sie musste, nachdem sie mit Gabriel Miller den Mann an ihrer Seite gefunden hatte, erneut mit einem schweren Verlust klar kommen, mit dem Tod ihrer Mutter…

*

Seine Augen brannten, sein Kopf schmerzte und obwohl er die letzten Tage viel nachgedacht und recherchiert hatte, fühlte er sich trotz der vielen verwirrenden Informationen plötzlich vollkommen leer. Fast so, als würde ein sehr langer Abschnitt in seinem Leben vorbei sein und alles bisher Gewesene nicht mehr wichtig. Wie Ballast, den er loswerden musste, um sich neu zu orientieren und ein neues Leben zu beginnen. Ein Leben, welches er schon einmal begonnen hatte, aber nicht fähig gewesen war, daran festzuhalten und glücklich zu werden. Stattdessen hatte er seine Prioritäten falsch gesetzt, seine Arbeit vornan gestellt und dabei das Wichtigste in seinem Leben vergessen… und damit verloren.

Der Fall Dana Miller hatte ihm die Augen geöffnet, auf eine Art, wie er es niemals für möglich gehalten hatte.

Das Hochzeitsbild von Dana und Gabriel hatte ihn nicht mehr losgelassen. Er ließ nichts unversucht, um mehr über die Familie herauszubekommen, hatte alle Hebel in Bewegung gesetzt, sich sogar telefonisch mit Commissioner des New Scotland Yard in London verbinden lassen. Als dieser ihm tatsächlich Auskunft gegeben hatte, wurde Jacobs bewusst, um welch unfassbare Tragödie es sich handelte. Er wurde bedingungslos hart darauf gestoßen, welchen großen Fehler er selbst gemacht hatte, welche Lebenslüge er sich aufgebaut hatte. Es war einigermaßen schwer für einen Mann wie ihn, diese Erkenntnis zu verarbeiten, doch als er endlich das Licht in seinem Büro löschte, ging er mit einem Lächeln, das erste Mal nach vielen Jahren, denn er wusste, was er zu tun hatte…

*

Über eine Stunde war bereits vergangen, seit sie Dana abgeholt hatten. Gabe lief nervös im Zimmer auf und ab. Seine Eltern waren auf dem Weg zu ihm und durften sogar Buddy mitbringen. Dana würde sich riesig freuen, wenn sie ihn endlich wiedersehen durfte, ihren Lebensretter.

Er hatte seinen Eltern gesagt, dass Dana aufgewacht war, von dem Kind hatte er allerdings nicht gesprochen. Das wäre im Moment vielleicht auch keine gute Idee und auch eine Sache, mit der sie beide erst einmal klar kommen mussten.

Gabriel lief hinaus auf den Gang, in der Hoffnung, den Arzt zu sehen. Als er sich am Automaten einen Kaffee geholt hatte, sah er den Doktor aus einem Behandlungszimmer kommen.

Sofort lief er auf ihn zu.

„Dr. Johnson, wie lange dauern die Untersuchungen meiner Frau noch? Ist alles in Ordnung?"

Der Arzt war gerade im Begriff zu antworten, als er schon wieder von einer Schwester gerufen wurde. Offensichtlich ein Notfall.

„Mr. Miller, es tut mir Leid, ich bin gerade sehr beschäftigt, aber machen Sie sich keine Sorgen. Ich bin sehr zuversichtlich, dass es die beiden schaffen…" und mit diesen Worten war Dr. Johnson bereits wieder hinter der Tür verschwunden.

Was hatte der Doktor gerade gesagt? Bestimmt hatte er ihn mit einem anderen Mann verwechselt. Aber er hatte ihn doch mit Mr. Miller angesprochen, oder etwa nicht? Er ist zuversichtlich, dass es die beiden schaffen? Gabriels Kaffeebecher fiel zu Boden. Er spürte nicht, wie sich das heiße Getränk durch die Hose auf seine Haut kämpfte, um ihn in einen kurzen Schmerzzustand zu versetzen…Ihm wurde schwarz vor Augen, alles begann sich zu drehen, er fühlte sich auf einmal ganz leicht, als würde er in einer Luftblase schweben, in der alle möglichen Farben zu sehen waren…

Er spürte plötzlich etwas Feuchtes, Kühles in seinem Gesicht. Als er langsam die Augen öffnete, realisierte er nach und nach, dass er in Ohnmacht gefallen sein musste. Er lag auf dem Boden im Gang des Krankenhauses. Über ihm stand Buddy, der ihm das Gesicht abschleckte und immer wieder winselte. Seine Eltern halfen ihm auf und redeten unermüdlich auf ihn ein. Nur allmählich kam Gabriel wieder zu Kräften und versuchte zu antworten.

„Es geht mir gut, Mum. Es war wohl alles ein wenig viel in den letzten Tagen."

„Sicher, Liebling. Komm, wir gehen aufs Zimmer, du solltest dich etwas ausruhen."

Dabei beließ es Anne. Auch das liebte Gabe an ihr, sie bohrte nicht mit Fragen, versuchte nicht, alles möglichst schnell herauszubekommen, sie wartete ab, bis er mit ihr reden wollte. Gabriel hätte auch nicht gewusst, was er seinen Eltern in diesem Moment hätte sagen sollen. Allein die letzten Stunden waren für ihn eine Achterbahn der Emotionen gewesen. Dana war aufgewacht, hatte ihm von ihrem Kind erzählt, das sie während ihrer Gefangenschaft verloren hatte, und dann der Arzt, der ihm sagte, es ginge „beiden" gut, sie würden es schaffen…er begriff es ja selbst nicht. Wie sollte er es dann seinen Eltern erklären.

Nur wenige Minuten, nachdem sie ins Zimmer gegangen waren, wurde Dana hereingebracht. Sie hatte die Augen geschlossen, doch sie schien nicht zu schlafen. Die Schwester meinte, dass Dr. Johnson sofort kommen würde, um mit ihnen zu reden.

Zärtlich strich Gabriel Dana über die Wange. Sie schlug die Augen auf und lächelte ihn an.

„Hier ist jemand für dich, Schatz", sagte er noch und schon im nächsten Moment war Buddy an ihrem Bett. Das Glück über ein Wiedersehen war beiden anzumerken. Buddys ganzer Körper wackelte vor Freude und Dana konnte ihre Freudentränen nicht zurückhalten.

Buddy legte schützend die Pfoten neben sie, als könne ihr so nie wieder etwas passieren. Es war ein wunderschönes Bild.

„Weißt du, Schatz, Buddy hat dir das Leben gerettet. Ohne ihn hätten wir dich nie gefunden."

Dana sah zu ihren Schwiegereltern, die gerührt nickten, und dann wieder zu Gabe und Buddy.

„Ist das wahr, mein Großer?"

„Er hat uns zu dir geführt. Er war von allen Suchhunden der Beste", antwortete Gabe stolz und stellvertretend für Buddy.

„Aber das werden wir dir alles in Ruhe erzählen, jetzt musst du erst einmal wieder gesund werden", mischte sich Max ein, um so seine Schwiegertochter auch einmal in den Arm nehmen zu können.

Als es an der Tür klopfte, erschrak Gabriel. Dr. Johnson trat ein. In Erwartung, was er ihnen zu sagen hatte, setzte sich Gabriel auf das Bett seiner Frau und nahm ihre Hand.

„Mr. Miller, es tut mir sehr Leid, dass ich vorhin nicht ausführlich mit Ihnen reden konnte, ein Notfall. Jetzt sind zumindest alle Testergebnisse da und ich kann Ihnen genauer erklären, wie es um Ihre Frau steht. Und ich muss sagen, wenn ich mir das so anschaue, können wir sehr zufrieden sein. Der neurologische Befund ist einwandfrei, da hatte ich zugegebenermaßen etwas Sorge. Die Stichverletzung unterhalb der Schulter hat keine weiteren Schäden angerichtet, bis auf eine kleine Narbe wird in ein paar Wochen nichts mehr zu sehen sein. Was mir noch ein wenig Kopfzerbrechen bereitet, ist der Allgemeinzustand von Dana. Sie war extrem dehydriert und natürlich fehlte über mehrere Tage Nahrung. Deshalb werden wir für die nächste Tage eine Sonde legen, um sie zu versorgen. Natürlich muss sie auch versuchen, selbst zu essen, aber da sehe ich kein Problem."

Dr. Johnson schaute zu Dana und nickte ihr aufmunternd zu. Es war ihm bewusst, dass es noch zu früh war, ihr alles genau zu erklären, aber er wusste auch, dass sie in den nächsten Tagen zu Kräften kommen würde und dadurch auch mental wieder belastbarer wurde.

„Um was ich Sie dennoch dringend bitte, ist, dass Sie, sobald es Dana etwas besser geht, eine psychologische Betreuung in Anspruch nehmen. Es wird allein nicht funktionieren, das Geschehene zu verarbeiten."

Gabriel stimmte ihm zu. Bezüglich seiner Aussage auf dem Flur hätte er gerne noch einmal mit dem Arzt allein gesprochen, nur um sicher zu gehen, dass es keine Missverständnisse gab. Aber dazu hatte er keine Möglichkeit mehr, denn Anne fragte bereits nach, wie lange Dana noch im Krankenhaus bleiben musste.

„Ich würde sagen, die nächsten zwei Monate auf jeden Fall. Ich möchte sicher gehen, dass das Kind wieder ausreichend versorgt wird und wir in dieser Phase der Schwangerschaft keinen Abort riskieren…"

Die Millers starrten den Arzt an, als wäre er von einem anderen Stern. Dr. Johnson war einigermaßen verwirrt, bis er realisierte, dass sie vielleicht bisher von der Schwangerschaft noch gar nichts wussten.

„Oh, entschuldigen Sie, ich wusste nicht…"

„Nein, nein, es ist schon gut, es ist alles gut. Ich danke Ihnen! So sehr!"

Gabriel sprang auf und fiel Dr. Johnson um den Hals.

„Liebling, hast du das gehört?"

Gabriel war sich nicht sicher, ob Dana verstanden hatte. Sie hatte sich aufgerichtet und starrte den Doktor an. Ihr Gesicht war kreidebleich, ihre Lippen zitterten und ihr Herz schlug ihr plötzlich bis zum Hals. Ja, sie hatte es gehört, aber glauben konnte sie es noch nicht. Sie konnte nicht verstehen, wie es sein konnte, dass ihr Kind noch bei ihr war, das ganze Blut, die Schmerzen…langsam kam die Erinnerung zurück, an das Verlies, das schreckliche Buch, an Paul Adams. Dana wollte nicht darüber nachdenken, dafür war später Zeit genug, wenn es nötig wäre. Ihre Gedanken waren nicht mehr überschattet von diesen dunklen Wolken, nicht mehr düster und undurchdringlich schwer…sie wurden hell, wunderbar hell und leicht. Tränen des Glücks kullerten in dicken Tropfen über ihre Wangen und vermischten sich mit dem zärtlichen Kuss ihres geliebten Mannes…

Am nächsten Tag ging es Dana schon viel besser, sie konnte essen, hatte sogar Appetit und saß bereits im Bett. Vielleicht durfte sie heute noch für ein paar Minuten aufstehen, darauf freute sie sich sehr. Anne und Max waren am Vortag überglücklich mit Buddy nach Hause gefahren.

„Meine Eltern sind mindestens genauso glücklich wie ich", sagte Gabe, als er sich zu Dana setzte und ihren Bauch streichelte.

Dana lächelte und küsste Gabriel auf die Stirn.

„Weißt du, was ich gerne möchte?", fragte sie leise.

Gabriel ließ ihr keine Möglichkeit auszusprechen.

„Alles, du bekommst alles, was du möchtest."

Dana lachte laut auf. Ein so unbeschreibliches Glück zu erleben, hatte sie nie zu träumen gewagt und es machte sie selig. Wie sollte ihr jemals wieder etwas geschehen, mit diesem Mann an ihrer Seite, mit der Gewissheit, dass sie gemeinsam alles überstehen würden?

„Ich möchte gerne den Mann kennenlernen, der die Ermittlungen geleitet hat. Ich möchte ihm danken."

„Das lässt sich bestimmt einrichten. Ich denke, Mr. Jacobs muss sowieso noch irgendwann mit dir reden. Ich werde ihn mal anrufen, ja?"

Dass dieser Anruf nicht nötig sein würde, konnte Gabriel zu diesem Zeitpunkt nicht wissen.

*

Jacobs hatte in seiner kleinen Wohnung noch lange nachgedacht. Durch seine Kollegen hatte er erfahren, dass Dana auf dem Weg der Besserung war. Das beruhigte ihn unglaublich, hatte es doch bei seiner ersten Begegnung mit ihr überhaupt nicht danach ausgesehen, als würde sie noch leben, geschweige denn wieder gesund werden. Vielleicht war sie in ein paar Tagen bereits vernehmungsfähig. Ein paar Fragen waren noch offen, jedoch nichts, was nicht Zeit hätte.

Jetzt fasste er sich ein Herz und fuhr los. Er hatte nichts zu verlieren, gar nichts. Dass er London den Rücken hatte kehren müssen, hatte er nie ganz verwunden. Nun kam er zurück. Zumindest zu Besuch. Er war ziemlich aufgeregt, sein altes Büro und ein paar seiner alten Kollegen wiederzusehen.

Als er das Gebäude der MPS in Westminster betrat, lief ihm als erstes Drake über den Weg, der gerade dabei war, eine Frau nach draußen zu begleiten.

„Bill, du hier? Welch eine Ehre!"

Jacobs konnte sich das Grinsen nicht verkneifen. Er mochte Drake, nicht zuletzt wegen seiner hervorragenden Arbeit, in deren Genuss er jahrelang gekommen war.

„Ich habe gehört, du hast die Vermisste gefunden?"

„Ja, vor allem auch Dank deiner Hilfe, und der des Hundes der Familie."

Es war eigentlich nicht Jacobs´ Art, sich überschwänglich für durchaus notwendige Arbeit zu bedanken, aber es fiel ihm diesmal gar nicht schwer. Er schien irgendwie erleichtert, beschwingter und besser gelaunt als sonst.

„Kann ich dir sonst noch etwas Gutes tun?" Drake hatte Jacobs inzwischen am Arm genommen und ihn Richtung Kaffeautomat geführt.

„Ja. Darf ich mich nach dem Kaffee kurz in meinem alten Büro umsehen?"

Drake lachte auf.

„Gerne, aber du wirst es nicht wiedererkennen. Unser Constable ist ein eigenartiger Typ. Er schmückt sein Büro mit Blumen, weil er Hobbybotaniker ist." Drake machte eine abfällige Geste, die bedeuten sollte, dass der Constable vielleicht psychische Probleme hatte.

Wieder musste sich Jacobs das Lachen verkneifen. Es gehörte sich einfach nicht, sich über seinen Nachfolger lustig zu machen.

Unter vorgehaltener Hand sagte Drake dann:

„Es heißt, er wird bald abgelöst, da er sich tatsächlich mehr für seine Blumen als für den Dienst interessiert."

Interessant, dachte Jacobs. Da sollte er vielleicht dranbleiben. Minuten später sah er sein altes Büro und es wirkte tatsächlich wie ein Blumenladen.

„Ich werde jetzt wieder gehen. Ich danke dir für die kleine Führung. Es hat sich sehr viel verändert im Laufe der Jahre."

„Vielleicht sehen wir uns bald wieder", verabschiedete sich Drake.

„Vielleicht", antwortete Jacobs und verließ das Gebäude des New Scotland Yard in Westminster.

*

Das Ambiente des Krankenzimmers hatte zwar nichts Gemütliches an sich, doch das machte Dana und Gabe nichts aus. Sie kuschelten zusammen in Danas Bett, lasen sich gegenseitig vor und aßen zusammen. Gabe konnte nicht umhin, immer wieder Danas Bauch zu streicheln und zu liebkosen. Er war glücklich und sie war es auch.

Dana liebte das Kind in ihrem Leib mehr denn je. Mehr, als sie es jemals für möglich gehalten hatte. Sie konnte sich kaum mehr an die Zeit erinnern, in der sie Zweifel gehabt hatte, überhaupt jemals ein Kind haben zu wollen. Das Leben hatte ihr diese Zweifel genommen, das Leben, welches sie neu gewonnen hatte, ein Leben, das es wert war, es in vollen Zügen zu genießen, ohne Sorgen, ohne die Vergangenheit.

Doch die sollte sie noch einmal einholen…

Gabriel war auf dem Weg in den Bakery Shop gegenüber des Hospitals. Dana hatte unbändigen Appetit auf Blaubeer-Scones, also ging Gabe natürlich los, um ihre Gelüste zu befriedigen.

Als er mit dem Gebäck zurückkam, lief ihm Jacobs über den Weg.

„Detective, was machen Sie denn hier?" Doch er ließ Jacobs erst gar nicht antworten, sondern zog ihn sofort mit sich.

„Das trifft sich wunderbar. Dana möchte Sie unbedingt kennenlernen. Ich habe hier auch genug Scones für uns alle."

Gabriel war richtig euphorisch. So kannte Jacobs ihn nicht. Es musste Dana also wirklich gut gehen. Das freute ihn, sehr sogar. Doch er war sich unschlüssig, mit Gabriel mitzukommen.

„Vielleicht komme ich später vorbei, ich habe noch etwas zu erledigen", log Jacobs.

„In Ordnung. Wir erwarten Sie."

Das war jetzt nicht die Antwort, die er hören wollte, aber immerhin hatte er so etwas Zeit gewonnen.

Im Zimmer angekommen, erzählte Gabriel natürlich sofort, dass er Jacobs getroffen hatte. Ein Zufall, wie er glaubte, da er vermutlich hier im Hospital zu ermitteln hatte.

Dana wurde ein bisschen nervös, dass sie womöglich heute noch dem Mann begegnen würde, der die Ermittlungen in ihrem Fall geführt und sie schließlich mit Buddys Hilfe gefunden hatte.

Eines musste sie dennoch wissen, um vorerst abschließen zu können. Es belastete sie einfach zu sehr.

„Was ist mit Paul geschehen? Ihr wisst doch, dass er es war, der mich entführt hat, oder?"

Mit dieser Frage hatte Gabriel nicht gerechnet. Wie sollte er darauf antworten?

Dana bemerkte, dass Gabe zögerte.

„Was? Was ist mit ihm?"

„Er ist tot. Er wird Ihnen nicht mehr schaden."

Die fremde Stimme kam aus Richtung Tür. Dana blickte erschrocken auf. So fremd war ihr die Stimme nicht, sie kannte sie.

„Das ist Detective Jacobs, Schatz. Dein Retter, wenn du so möchtest." Gabriel war froh, dass das Thema Adams damit erst einmal beendet war. Dana würde irgendwann nachfragen, wie Adams zu Tode gekommen war, und das würde nicht leicht werden für sie.

Doch als Jacobs ein Stück näher kam, erstarrte Dana plötzlich!

Wie ein kleines Kind kroch sie in die hinterste Ecke ihres Bettes, zog die Beine fest an ihren Körper und begann, leise vor sich hin zu summen.

Es war ein grausamer Anblick für Gabe, der überhaupt nicht mehr wusste, was gerade geschah.

„Dana! Liebling! Was ist los mit dir?"

„Gabriel, lassen Sie sie! Bitte!"

Jacobs legte vorsichtig die Hand auf seine Schulter und gab ihm mit einem Nicken zu verstehen, dass es in Ordnung war. Dann setzte er sich zu Dana aufs Bett und nahm behutsam ihre Hand…

Sie ließ es nach kurzem Zögern zu und ihr Blick haftete an seinen Augen.

Er sagte nichts…

Dana hörte nach wenigen Minuten auf zu summen und entspannte sich nach und nach. Sie schaute ihre zierliche Hand in der des großen Mannes an, beobachtete jede Bewegung seiner Finger, betrachtete jede kleine Kerbe und Narbe ganz genau…

Als sie wieder aufblickte, sah sie Tränen in seinen Augen, das Leid, den unermesslichen Schmerz und das Flehen um Verzeihung…

Dana zog ihre Hand zurück. Doch als sich sein trauriger Blick senkte, umarmte Dana ihn, so fest sie konnte. Bill Jacobs begann zu weinen und flüsterte schluchzend:

„Ich bin wieder zu Hause."

„Ja, Daddy…" antwortete Dana leise.

Finde mich!

Epilog

Die kommenden Monate wurden sehr intensiv, aufreibend und aufschlussreich. Bill Jacobs war unendlich dankbar für seine Chance, den Fehler seines Lebens wieder gutzumachen. Es würde nicht leicht werden, seine Beweggründe für seine damalige Entscheidung zu erklären, zumal er sie selbst nicht verstand. Als ihm vor vielen Jahren bewusst geworden war, dass er mit dieser Entscheidung das Wichtigste in seinem Leben verloren hatte, wurde er zu einem anderen Menschen. Verbittert, engstirnig und gefühlskalt. Seine Familie aufgegeben zu haben, für seinen Beruf und vor allem, dass er es nie geschafft hatte, diese Entscheidung wieder rückgängig zu machen, hatte er nie verkraftet. Selbsthass und Selbstzweifel hatten sein Leben bestimmt. Doch als er auf dem Hochzeitsfoto von Dana und Gabe seine Frau erkannte, änderte sich alles. Sich bei ihr nie mehr für sein Verhalten entschuldigen zu können und um Verzeihung zu bitten, würde ihn bis ans Lebensende nicht loslassen. Doch er hatte die wunderbare Möglichkeit bekommen, seiner Tochter und seinem Enkelkind jetzt all die Liebe zu schenken, die er bieten konnte.

Dana war bereit, ihrem Vater zu verzeihen. Sie musste auch zugeben, dass sie ihn manchmal sogar verstand, wenn er davon erzählte, was damals geschehen war. Es war vor allem auch spannend zu hören, dass sie, Dana Miller, bis zum Alter von fünf Jahren Juli Jacobs war. Damit schloss sich für Dana der Kreis, denn jetzt verstand sie die Träume, die sie in ihrer Kindheit verfolgt hatten… als sie ein anderes Mädchen war, anders aussah, nicht auf ihren Namen hörte…

Sie hatte eine andere Identität bekommen…eine neue Maske, die sie jetzt nach und nach abstreifen durfte. Sie nahm das große Glück dankbar an, nicht zuletzt, weil sie dem Tod näher als dem Leben gewesen war und dadurch beinahe ihr Kind verloren hatte.

Die Dämonen der Vergangenheit würden immer wieder versuchen, sie einzuholen, aber mithilfe ihres Mannes und ihres Kindes, ihrer Schwiegereltern und ihres Vaters würde sie es schaffen…

Danke schön,

an alle, die mich unterstützt und mir geholfen haben, auch diesen Roman zu beenden.

Ein besonderer Dank gilt meiner lieben Heidi, die auch diesmal das Lektorat und Korrektorat übernommen hat. Danke!!!

Ein herzliches Dankeschön auch an meinen lieben Kollegen, der sich erneut für die Gestaltung des Covers bereiterklärt hat.

Und natürlich danke ich meiner wundervollen Familie von Herzen für ihr Verständnis, wenn ich etwas Zeit zum Schreiben benötigte. Auch wenn es nicht immer einfach war…tausend Dank! Ich liebe euch!

Finde mich!

**Weitere Romane der Autorin,
ebenfalls erschienen bei BoD:**

„Traumleuchten" 2014
ISBN: 978-3-735-74029-8

„Seelentrost" 2014
ISBN: 978-3-738-60735-2

„Un(d)endlich ich" 2015
ISBN: 978-3-734-78486-6

„Tor zur Vergangenheit" 2016
ISBN: 978-3-738-63390-0

Lektorat und Korrektorat:
Adelheid Deschner, Brünn, Thüringen
Covergestaltung und Design: Heiko Banz, Walldorf, Thüringen

Herstellung und Verlag:
BoD-Books on Demand, Norderstedt
ISBN: 978-3-7431-6654-7